T0054790

EL TIEMPO DE
UN CENTENARIO

DAYAN

Mircea Eliade

EL TIEMPO DE UN CENTENARIO

DAYAN

Traducción del rumano por Joaquín Garrigós

editorial **K** airós

Numancia 117-121
08029 Barcelona
España

Título original: *TINEREŢE FĂRĂ DE TINEREŢE…*
                   DAYAN

© 1981 by Editions Gallimard
© de la versión castellana:
   1999 by Editorial Kairós, S.A.

Primera edición: Marzo 1999

I.S.B.N.: 84-7245-435-5
Depósito legal: B-6.656/99

Fotocomposición: Beluga y Mleka, s.c.p., Córcega 267, 08008 Barcelona
Impresión y encuadernación: Índice, Caspe, 118-120, 08013 Barcelona

TIEMPO DE
UN CENTENARIO

A Sybille

1

Cuando oyó la campana de la Mitropolie cayó en la cuenta de que era la noche de Resurrección. Y, de pronto, esa lluvia con la que se encontró al salir de la estación, y que amenazaba con volverse torrencial, le pareció anormal. Caminaba a paso rápido tapándose con el paraguas, encorvado, mirando al suelo para evitar meter los pies en el agua que corría a chorros por la calle. Sin darse cuenta, comenzó a correr llevándose el mango del paraguas al pecho, como si fuera un escudo. Pero cuando llevaba unos veinte metros, tuvo que detenerse al ver la luz roja. Se quedó a la espera, nervioso, dando pequeños saltos, poniéndose de puntillas y cambiando continuamente de sitio, mirando consternado los charcos que, a unos pasos de él, cubrían en buena parte el bulevar. La luz roja se apagó y, un instante después, la explosión de una luz blanca e incandescente le dio una sacudida y lo cegó. Diríase que lo hubiese absorbido un ciclón ardiente que se hubiese desencadenado encima mismo de su cabeza. «Ha estallado por aquí cerca», se dijo, pestañeando con dificultad para despegar los párpados. No sabía por qué apretaba con tanta fuerza el mango del paraguas. La lluvia lo golpeaba con violencia por todas partes pero no sentía nada. Entonces volvió a oír las campanas de la Mitropolie y todas las otras campanas y, muy cerca de él, otra campana tañendo solitaria y triste. «Me he asustado», pensó y se puso a temblar. «Es por culpa del agua», se dijo momentos después al darse cuenta de que yacía en medio de un charco, al borde de la acera. «Me ha entrado frío...»

–He visto cómo le caía el rayo –oyó que decía la misma voz jadeante de un hombre asustado–. No sé si aún vivirá. Yo estaba mirando precisamente ahí, él estaba debajo del semáforo y lo he visto cómo se quemaba de la cabeza a los pies. Cómo se le quemaban a la vez el paraguas, el sombrero y la ropa. Si no fuera por la lluvia, habría ardido como una tea. No sé si aún vivirá.

–Y si aún vive, ¿qué vamos a hacer con él? –preguntó una voz alejada, cansada y, según le pareció, amarga–. Cualquiera sabe lo que habrá hecho para que Dios lo fulmine en la misma noche de Pascua y justamente a espaldas de la iglesia... Ya veremos lo que dice el interno de guardia.

Le parecía raro no sentir nada; en realidad, ya no se sentía el cuerpo. Sabía, por los comentarios que hacían a su alrededor, que lo habían transportado. Pero ¿cómo? ¿En brazos? ¿En camilla? ¿En algún vehículo?

–No creo que tenga ninguna posibilidad –oyó poco después otra voz, tan lejana como la anterior–. No le ha quedado un centímetro de piel intacto. No comprendo cómo vive todavía. Lo normal habría sido...

Evidentemente, eso lo sabe todo el mundo. Si uno pierde más del cincuenta por ciento de la epidermis, se asfixia. Pero inmediatamente advirtió que era ridículo y humillante responder mentalmente a los que se agitaban a su alrededor. Le habría gustado no oírlos más, de la misma forma que, al tener los párpados cerrados, no los veía. Y, en ese mismo instante, se vio muy lejos, feliz, como lo había sido entonces.

–Y luego, ¿qué pasó? –le preguntó en broma, sonriendo–. ¿Otra tragedia?

–No he dicho que fuera ninguna tragedia pero, en cierto sentido, sí lo era: apasionarse por las ciencias, no tener más que un anhelo, dedicar la vida a la ciencia...

–¿A qué ciencia te refieres? ¿A las matemáticas o a la lengua china?

–A las dos; y a todas las otras que iba descubriendo y me enamoraba de ellas a medida que las descubría.

Le puso la mano en el brazo para que no se enfadara por interrumpirlo de nuevo.

–Las matemáticas, lo comprendo, porque si no se tiene vocación, es inútil insistir. Pero ¿el chino…?

No sabía por qué se había echado a reír. Seguramente le habría hecho gracia la forma de pronunciar «Pero ¿el chino…?»

–Creía que te lo había dicho. Hace dos años, en otoño, cuando estuve en París, asistí a una clase de Chavennes. Al terminar, fui a verlo a su despacho. Me preguntó cuánto tiempo llevaba estudiando el chino y qué otras lenguas orientales conocía. Es inútil que te resuma toda la conversación. Sólo comprendí una cosa: que si en unos años, óyelo bien, *unos años*, no domino además del chino, el sánscrito, el tibetano y el japonés, jamás llegaré a ser un gran orientalista.

–Bien, pero tú tenías que haberle contestado que querías estudiar solamente el chino.

–Eso le dije, pero no lo convencí. Porque, en ese caso, también tendría que aprender el japonés y un sinfín de lenguas y dialectos del sureste asiático. Pero eso no fue lo importante, sino otra cosa. Cuando le dije que llevaba estudiando el chino cinco meses, se dirigió a la pizarra y escribió unos veinte caracteres y después me dijo que los pronunciara uno por uno y que tradujera el pasaje. Los pronuncié como Dios me dio a entender y traduje un trozo, no todo. Sonrió muy amable: «No está mal», me dijo. «Pero si después de cinco meses… ¿Cuántas horas al día?» «Por lo menos, seis.» «Entonces el chino no es para usted. Seguramente le falta la memoria visual necesaria.» Y añadió con una sonrisa ambigua, afectuosa e irónica a la vez: «Señor mío, para dominar el chino hay que tener una memoria de mandarín, una memoria fotográfica. Si no la tiene, tendrá que hacer un esfuerzo tres o cuatro veces superior. No creo que valga la pena».

11

–De modo que, en el fondo, es cosa de memoria.

–De *memoria fotográfica* –repitió muy serio, remachando las palabras.

Oía repetidamente la puerta abrirse y cerrarse, ruidos y voces extrañas.

–Veremos lo que dice el profesor. Si queréis saber mi opinión, os digo honradamente que…

¡Lo mismo, siempre lo mismo! Pero le agradaba la voz. Sin duda, era un médico joven, espabilado, apasionado de su profesión y generoso.

–Tiene el ciento por ciento de la piel quemada y, sin embargo, sobrevive desde hace doce horas y, por lo que podemos notar, no sufre. ¿Le has puesto alguna inyección?

–Una, esta mañana. Me pareció que gemía. Pero tal vez lo hiciera en sueños.

–¿Se sabe algo de él? ¿Han encontrado algo junto a él?

–Sólo el mango del paraguas, el resto estaba todo carbonizado. Es curioso que haya sido precisamente el mango, un mango de madera. La ropa quedó toda hecha cenizas. La que no limpió la lluvia se cayó durante el trayecto.

Sabía que así había tenido que pasar y, sin embargo, al escuchar las explicaciones del interno, se tranquilizó. De modo que los dos sobres que llevaba en el bolsillo también se habían reducido a cenizas. Sin querer, pues no se había dado cuenta de que no había cerrado bien la puerta al salir, oyó: «¡El Venerable está chocho perdido! Eso nos lo ha dicho tres o cuatro veces ya…» Era verdad. Le impresionó la información que había leído en *La fiera letteraria*: que Papini estaba casi ciego y que ningún cirujano se atrevía a operarlo. Para un lector empedernido e incansable como Papini, eso era una tragedia sin igual. Por eso hablaba continuamente de ella. Pero quizá Vaian tuviera razón. «Estoy empezando a chochear.»

Entonces oyó de nuevo su voz.

–¿Y qué otra tragedia te ha pasado? Has renunciado al chino. ¿Y qué más?

–En realidad, no he renunciado; he seguido estudiando diez o quince caracteres diarios, pero eso por gusto y porque me ayudaba a entender las traducciones de los textos que leía. En el fondo, era un aficionado…

–Tanto mejor –lo interrumpió Laura poniéndole nuevamente la mano en el brazo–. Es menester que existan hombres inteligentes y sobrados de imaginación para gozar de los descubrimientos que hacen tus grandes eruditos. Está muy bien que hayas dejado el chino. Pero, entonces, ¿cuáles son las otras tragedias a las que te referías?

Se quedó mirándola fijamente. No era ni de lejos la estudiante más guapa que había conocido, pero era *diferente*. No comprendía lo que le atraía de ella, porque la buscaba continuamente y entraba en aulas en las que no había puesto los pies desde hacía tres o cuatro años, desde que se licenció. Sabía que la encontraría siempre en la clase de Titu Maiorescu. Allí la había encontrado hacía una hora y, como de costumbre, al acompañarla a casa, se sentaron en un banco junto al lago, en el parque Cişmigiu.

–¿Cuáles son las otras tragedias? –repitió al tiempo que le sostenía, tranquila y sonriente, la mirada.

–Te he dicho que ya desde que iba al instituto me gustaban las matemáticas y la música, pero también la historia, la arqueología y la filosofía. Me habría gustado estudiarlas todas; naturalmente, no como un especialista, pero sí con rigor, trabajando directamente sobre los textos, ya que me da horror la improvisación y la cultura de oído.

Lo interrumpió levantando el brazo con gesto varonil.

–¡Eres el hombre más ambicioso que he conocido hasta ahora! ¡Ambicioso y chiflado! ¡Sobre todo chiflado!

Les conocía bien la voz y se había acostumbrado a distinguir la de cada una. Eran tres enfermeras de día y dos de noche.

–Si tuviera suerte, se moriría uno de estos días. Dicen que quien se muere en la semana de Pascua se va derecho al cielo.

«Tiene un buen corazón y siente lástima por mí. Es más buena que todas las otras, porque piensa en la salvación de mi alma. ¿Pero y si le entra la idea de quitarme el gotero de la vena? Seguramente viviría hasta mañana por la mañana, cuando venga el interno. Y si él no se diera cuenta, ya se enteraría el profesor. Es el único que está desesperado y humillado, que no comprende nada. El único que quiere a toda costa mantenerme con vida y saber lo que ha pasado.» Lo había oído un día (había desistido de seguir preguntándose *cuándo*), después de tocarle con infinitas precauciones los párpados.

—El ojo parece intacto, pero ignoramos si está ciego o no. Por lo demás, no sabemos nada.

Eso ya lo había oído otra vez: «No sabemos ni siquiera si está consciente o no, si oye y si *entiende* lo que oye», dijo entonces el profesor. No era culpa suya. Él le había reconocido la voz muchas veces y lo entendía perfectamente. «Si entiende lo que le digo», le gritó el profesor, «apriéteme el dedo». Pero no le notó el dedo. Hubiese querido apretárselo pero no sabía cómo.

En esa ocasión agregó: «Si consiguiéramos mantenerlo con vida cinco días más…»

A los cinco días, explicó un asistente, vendría de París de paso para Atenas el profesor Gilbert Bernard, el mayor especialista…

—Sobre todo ambicioso —repitió Laura—. Quieres ser lo que son tantos otros: filólogo, orientalista, arqueólogo, historiador y Dios sabe qué más. Es decir, que quieres vivir una vida ajena, la vida de otros, en lugar de ser tú mismo, Dominic Matei, y de cultivar exclusivamente tu talento.

—¿Mi talento? —exclamó con fingida modestia para esconder su alegría—. Eso supone que yo tengo talento.

—En cierto sentido, claro que sí. No te pareces a nadie de los que he conocido hasta ahora. Vives y entiendes la vida de forma distinta a nosotros.

—Pero si hasta ahora, con veintiséis años, no he hecho nada.

Sólo sacar la carrera con un promedio de notable. No he descubierto nada, ni siquiera he hecho una interpretación original del canto XI del *Purgatorio*, que he traducido y comentado.

Le pareció que Laura lo miraba con tristeza, en cierto modo desilusionada.

—¿Por qué habrías tenido que descubrir nada? Deberías poner en práctica tu talento en tu vida cotidiana, no en análisis ni en descubrimientos, ni en interpretaciones originales. Tu modelo a imitar tendría que ser Sócrates o Goethe; pero ¡imagínate un Goethe *sin obra escrita*!

—No te entiendo muy bien —dijo emocionado.

—¿Lo entienden todos? —les preguntó el profesor.

—Yo no entiendo muy bien, sobre todo si hablan tan rápido.

Él entendía perfectamente. El francés que hablaba el profesor era impecable. Sin duda había hecho el doctorado en París. Se diría que hablaba con más precisión y elegancia que el gran especialista. Bernard debía de ser de origen extranjero. Pero adivinaba por sus frases despaciosas y vacilantes que, tal y como decía Vaian sobre su último director, siempre que tenía que tomar una decisión urgente e importante, no se atrevía a pronunciarse.

—¿Cuándo se convencieron de que estaba consciente?

—Sólo anteayer —dijo el profesor—. Lo había intentado muchas veces antes, pero sin resultado.

—¿Y está *seguro* de que le apretó el dedo? ¿*Notó* usted que se lo apretaba como respuesta a su pregunta? ¿No sería un gesto reflejo, involuntario y, por tanto, sin significado?

—He hecho la prueba muchas veces más. Si quiere, inténtelo usted para convencerse.

Sintió, como tantas veces en los últimos días, el dedo que le introducía suavemente, con exagerada precaución, entre los suyos, apretados en el puño. Luego oyó la voz del profesor:

—Si entiende lo que digo, ¡apriete el dedo!

Seguramente lo apretaría con gran fuerza porque el doctor Bernard se lo retiró, sorprendido, con rapidez. Pero segundos más tarde, después de musitar «*Traduisez, s'il vous plait*», se lo introdujo de nuevo y dijo, pronunciando despacio y con claridad:

—*Celui qui vous parle est un médecin français. Accepteriez-vous qu'il vous pose quelques questions?*

Antes de que el profesor terminara de traducir, apretó el dedo con la misma fuerza. Pero esta vez no se lo retiró, sino que le preguntó:

—*Vous comprenez le français?*

Volvió a apretar pero con menos convicción. Tras vacilar unos instantes, el doctor Bernard preguntó:

—*Voulez vous qu'on vous abandonne à votre sort?*

Casi con deleite dejó inerte toda la mano, como si fuera de plomo.

—*Vous préférez qu'on s'occupe de vous?*

Apretó con fuerza.

—*Voulez-vous qu'on vous donne du chloroforme?*

De nuevo inmovilizó la mano y la dejó sin el menor movimiento, y así permaneció durante las últimas preguntas.

—*Etes-vous Jésus-Christ? Voulez-vous jouer du piano? Ce matin, avez-vous bu du champagne?*

Aquella noche, todos con la copa de champaña en la mano, los rodeaban y les gritaban con una triste y vulgar falta de pudor que les sorprendió a ambos. «No bebáis más champaña hasta llegar a Venecia, que os sentará mal.» «Me temo que ellos han bebido más champaña de la cuenta», dijo Laura cuando arrancó el tren.

Entonces oyó la voz del profesor.

—Probemos otra vez. Quizá no haya entendido bien su pregunta. Le preguntaré en rumano.

Prosiguió elevando el tono de voz.

—Queremos saber su edad. Por cada diez años apriéteme el dedo.

Apretó cada vez con más fuerza seis veces y, luego, sin saber por qué, se detuvo.

–¿Sesenta años? –se asombró el profesor–. Le habría echado menos.

–En este estado de larva –oyó la voz de Bernard–, es difícil de precisar. Pregúntele si está cansado, si podemos continuar.

Continuaron dialogando media hora más. De esta suerte, se enteraron de que no vivía en Bucarest, que no tenía más que un pariente lejano al que no quería que se le informara del accidente, que aceptaba cualquier prueba por arriesgada que fuera para comprobar si el nervio óptico estaba afectado. Afortunadamente para él, no le hicieron más preguntas, ya que probablemente no las habría oído. La ceguera que amenazaba a Papini había sido la primera señal. Aquella semana, se dijo que quizá no se tratara de la inevitable decrepitud de la vejez, que si repetía cada dos por tres la historia de Papini (Papini, al que ningún cirujano se atrevía a operar) lo hacía porque le preocupaba la tragedia de uno de sus escritores favoritos. Pero pronto se dio cuenta de que estaba tratando de tranquilizarse a sí mismo. Un año antes, el doctor Neculache había reconocido que, por el momento, la arterioesclerosis era incurable. No le dijo que él estuviera amenazado de arterioesclerosis pero añadió:

–A cierta edad, puede esperarse cualquier cosa. Yo también pierdo memoria. De un tiempo a esta parte ya no puedo memorizar los versos de los poetas más jóvenes que voy descubriendo y me gustan.

–Yo tampoco. Me sabía de memoria casi todo el *Paraíso* y ahora… Y de los escritores jóvenes, cuando termino de leerlos, no se me queda casi nada.

Sin embargo… Últimamente, en su cama de hospital y con los ojos cerrados, se acordaba sin dificultad de muchos libros leídos hacía poco, y recitaba mentalmente poemas de Ungaretti, de Ion Barbu y de Dan Botta, textos que ni siquiera recordaba haberse aprendido nunca de memoria. Respecto al *Paraíso*, muchas veces se dormía recitando sus tercetos favoritos. De pronto le entró un terror desconocido que parecía brotar de la misma alegría del descubrimiento que había hecho. «¡No pienses más! ¡Piensa en otra cosa!», se ordenó a sí mismo. Pero de un tiempo a esta parte no hacía sino recitar poemas y rememorar los libros que había leído. «He sido un bobo, me he asustado por nada.» Aunque una vez salió de su casa y, al llegar a la calle, ya no se acordaba de adónde quería ir. «Debió de ser un simple despiste. Estaría cansado, aunque no tenía ningún motivo para estarlo…»

–La verdad es que el gran especialista no nos ha aclarado gran cosa –oyó la voz de uno de los internos.

–Sin embargo, decía que se conocían algunos casos similares. Por ejemplo, aquel pastor suizo, quemado casi al ciento por ciento por un rayo y que, sin embargo, vivió muchos años, aunque es cierto que se quedó mudo. Probablemente como nuestro hombre –añadió bajando la voz.

–No sigas que te puede oír –dijo alguien a quien no consiguió identificar.

–Eso es lo que yo quiero, que me oiga. Ya veremos cómo reacciona. Puede que, después de todo, no se haya quedado mudo…

Sin querer, sin saber lo que hacía, fue abriendo la boca. En ese instante le resonó en el oído un chasquido singularmente fuerte, como si a su derecha e izquierda se estuvieran precipitando sobre rocas innumerables vagones cargados de chatarra. Pero, por más que lo ensordecía el eco de las explosiones sin fin, continuó abriendo la boca. Y, de pronto, se oyó diciendo «¡No!», y repitió la palabra varias veces. Luego, tras una breve pausa, dijo: «Mudo no». Sabía que quería decir: «¡No estoy mudo!», pero no consiguió articular la palabra «estoy». Por los ruidos de la habitación, la puerta que se abría y se cerraba continuamente, comprendió que esas dos palabras habían armado un gran revuelo. Tenía la boca abierta del todo, pero no se atrevía a mover la lengua. Cuando el doctor Gavrilă, su favorito, el único de cuya vocación médica estuvo seguro desde el principio, se acercó a su lecho, repitió de nuevo las palabras y entonces comprendió por qué le costaba tanto pronunciarlas: a cada movimiento de la lengua sentía que se le movían algunos dientes, como si estuvieran a punto de caérsele.

–Esto era –murmuró Gavrilă–. Los dientes. Incluso las muelas –agregó con aire preocupado–. Telefoneen al doctor Filip. Que venga urgentemente alguien; lo ideal sería que viniera él mismo, pero que venga provisto de todo lo necesario.

Al poco, volvió a oírlo más lejos.

–Apenas se mantienen. Si hubiese tragado con más fuerza, podría haberse ahogado con alguna muela. Avisen al profesor.

Notó que le cogían un incisivo con unas pinzas y se lo sacaban sin ningún esfuerzo. Se puso a contar: en unos minutos, con la misma facilidad, el doctor Filip le extrajo nueve dientes y cinco muelas.

–No entiendo muy bien lo que ha pasado. Las raíces están sanas. Es como si estuvieran empujando varias muelas del juicio. Pero eso es imposible. Habrá que hacerle una radiografía.

El profesor se acercó a la cama y le puso dos dedos sobre la mano derecha.

–Intente decir algo, una palabra cualquiera, un sonido, lo que sea.

Lo intentó moviendo esta vez la lengua sin miedo, pero no logró decir lo que quería. Finalmente, resignado, comenzó a pronunciar al azar palabras cortas:

–Tú, mar, con, casa, vaca, cuco, pluma…

La tercera noche tuvo un sueño que luego recordó por completo. Había regresado inesperadamente a Piatra Neamț y se dirigía al instituto. Pero conforme se aproximaba más aumentaba el número de transeúntes. Alrededor de él, por la acera, reconoció a muchos de sus antiguos alumnos. Tenían el mismo aspecto que cuando él dejó de ser su profesor diez, veinte o veinticinco años atrás. Cogió a uno del brazo. «Pero ¿dónde vais todos en tropel, Teodorescu?», le preguntó. El joven se le quedó mirando y sonrió cohibido. No lo había reconocido. «Nos vamos al instituto. Hoy se celebra el centenario del profesor Dominic Matei.»

19

«No me gusta mucho este sueño», dijo varias veces para sus adentros. «No entiendo por qué, pero no me gusta…» Esperó a que saliera la enfermera y, con emoción y sumo cuidado, como venía haciendo varios días, comenzó a despegar los párpados. Una noche se despertó viendo una mancha luminosa azulada, sin darse cuenta de que había abierto los ojos y sin entender lo que miraba. Al notar azorado que el corazón le latía con fuerza, cerró rápidamente los ojos. Pero a la noche siguiente se volvió a despertar y miró de nuevo con los ojos bien abiertos la misma mancha luminosa. Entonces, sin saber qué hacer, se puso a contar mentalmente. Cuando llegó a setenta y dos, comprendió que la luz venía de una lamparilla que había al fondo de la habitación. Logró dominar su alborozo y miró sin prisas las paredes, una tras otra, esa habitación adonde lo habían trasladado la víspera de la visita del doctor Bernard. Desde entonces, siempre que se quedaba solo, principalmente por la noche, abría los ojos, movía ligeramente la cabeza, después los hombros y comenzaba a inspeccionar las formas y colores, las sombras y penumbras de su alrededor. Nunca pudo imaginarse gozar de semejante placidez: simplemente contemplar despacio y con atención los objetos que había a su lado.

–¿Por qué no nos indicó usted que *podía* abrir los ojos? –oyó la voz de uno de los internos, y al momento siguiente lo vio. Era tal y como lo había imaginado por la entonación de su voz: alto, moreno, flaco y con grandes entradas.

Así pues, había sospechado algo y lo espiaba desde hacía tiempo para sorprenderlo.

–Tampoco yo lo sé –respondió pronunciando a media lengua las palabras–. Puede que quisiera convencerme primero a mí mismo de que no había perdido la vista.

El interno lo miraba sonriendo, abstraído.

–Es usted un hombre curioso. Cuando le preguntó el profesor cuántos años tenía le contestó que sesenta.

–Tengo más…

–Es difícil de creer. Sin duda habrá oído usted lo que decían las enfermeras…

Con gesto sumiso de escolar arrepentido inclinó la cabeza. Sí que las había oído. «¿Cuántos años dijo que tenía? ¿Sesenta? Éste está ocultando la edad. Hace un momento lo viste tú misma cuando lo lavé. Es un hombre joven, en la flor de la edad, no ha cumplido ni los cuarenta…»

–No quiero que piense que lo he estado espiando para denunciarlo a la dirección. Pero he de informar al profesor. Él decidirá.

En otra ocasión se habría enfadado o le habría dado miedo, pero ahora se percató de que estaba recitando, primero con el pensamiento y luego moviendo lentamente los labios, una de sus poesías favoritas, *La morte meditata*, de Ungaretti:

> *Sei la donna che passa*
> *Come una foglia*
> *E lasci agli alberi un fuoco d'autunno*

Recordaba que cuando leyó por primera vez el poema hacía mucho que estaban separados, casi veinticinco años. Y, no obstante, al leerlo estaba pensando en ella. No sabía si era el mismo amor del principio, si aún la quería de la misma forma que le testimonió la mañana del 12 de octubre de 1904, cuando salieron del tribunal y se dirigieron a Cişmigiu. Al despedirse, le besó la mano y agregó: «Te deseo… En fin, yo sé lo que quiero decir… Pero quiero que sepas una cosa: que te querré hasta el fin de mi vida…» No estaba seguro de quererla aún, pero en ella pensaba al leer «*Sei la donna che passa…*»

–Así pues, se ha convencido de que está fuera de peligro.

Ésas fueron las primeras palabras del profesor la mañana siguiente al dirigirse sonriendo hacia él. Era más impresionante de lo que se había imaginado. No muy alto, pero su porte, la cabeza erguida y el cuerpo tieso, como si estuviera en un desfile, le confería un aire marcial que imponía. Si no fuera por su pelo casi enteramente blanco, tendría un aspecto de hombre adusto. Incluso cuando sonreía parecía serio y distante.

–Ahora es cuando usted empieza a convertirse en un «caso interesante» –dijo sentándose en una silla frente a la cama–. Supongo que comprenderá por qué. Hasta el momento, nadie ha encontrado una explicación verosímil, ni aquí ni en el extranjero. Por la forma como le cayó el rayo, debería haber muerto carbonizado en el acto o asfixiado a los diez o quince minutos o, en el mejor de los casos, haberse quedado paralítico, mudo o ciego. Los enigmas que afrontamos en su caso se multiplican cada día que pasa. Aún no sabemos en virtud de qué reflejo no pudo usted abrir la boca durante veintitrés días y hubo que alimentarlo por vía artificial. Es probable que haya conseguido abrirla cuando tuvo que eliminar los dientes y las muelas que las encías no podían conservar por más tiempo. Hemos pensado en hacerle una prótesis para que pueda comer y, sobre todo, para que pueda hablar con normalidad. Pero por ahora no podemos hacer nada. Las radiografías muestran que, en breve tiempo, volverá a salirle una nueva dentadura.

–¡Imposible! –exclamó perplejo chapurreando la palabra.

–Eso dicen todos los médicos y todos los dentistas, que es lisa y llanamente imposible. Sin embargo, las radiografías no pueden ser más claras. Por eso, para concluir, ahora es cuando su caso se vuelve enormemente interesante. Ya no se trata de un caso de «muerto en vida» sino de algo completamente distinto. Qué sea exactamente, no lo sabemos todavía…

«Tengo que ser prudente, no cometer ningún error y descubrirme. Hoy o mañana me preguntarán el nombre, las señas y el trabajo. En el fondo, ¿de qué tengo miedo? No he hecho nada. Nadie sabe nada del sobre blanco ni del sobre azul.» Sin embargo, sin saber por qué, quería a toda costa mantener el anonimato, como había pasado desde el principio, cuando le gritaban: «¿Me oye o no? Si entiende lo que le digo, apriéteme el dedo…» Por suerte, ahora, sin dientes, hablaba con dificultad. Le resultará fácil fingir que chapurrea las pocas palabras que es capaz de pronunciar. Pero, ¿y si le piden que escriba? Por primera vez, se miró con atención el brazo y la mano derecha. Tenía la piel lisa, tersa y fresca y comenzaba a recuperar su color de antaño. Se palpó despacio, con suavidad, el brazo hasta el codo y luego se acarició con dos dedos el bíceps. ¡Qué raro! Tal vez las casi cuatro semanas de inmovilidad virtualmente absoluta y esos líquidos nutritivos que le habían inyectado directamente en vena. «Éste es un hombre joven, en la flor de la edad», dijo la enfermera. Y un día antes había oído la puerta abriéndose con precaución, pasos acercándose a la cama y al interno murmurando: «Está durmiendo, no lo despierten», luego una voz ronca desconocida: «No puede ser él. De todas formas, habrá que verlo sin barba. Pero el individuo que buscamos nosotros es estudiante, tiene veintidós años y éste es mayor, estará rondando los cuarenta...»

Entonces recordó de nuevo la tormenta.

–Lo más curioso –dijo uno de los internos–, es que sólo llovió por dónde pasó él; desde la Estación del Norte hasta el bulevar Elisabeta. Fue un chaparrón como los de verano que duró lo bastante para inundar el bulevar pero, unos cientos de metros más allá, no cayó ni una gota.

–Es verdad –agregó alguien–, pasamos por allí al volver de la iglesia y el bulevar aún seguía lleno de agua.

–Hay quien dice que fue una tentativa de atentado porque al parecer encontraron no sé cuántas cargas de dinamita, pero que el aguacero sorprendió a los terroristas y, en el último momento, tuvieron que renunciar.

–Eso puede haber sido invención de la Seguridad[1] para justificar las detenciones de estudiantes.

Luego, todos se callaron repentinamente.

«Tengo que proceder con cautela, no me vayan a confundir

1. Policía política rumana de la época (*N. del T.*).

con alguno de los legionarios[2] escondidos a los que busca la Seguridad. En tal caso tendré que decirles quién soy. Me enviarán a Piatra Neamț para comprobarlo. Y entonces…» Pero, como de costumbre, consiguió sacudirse el pensamiento que lo molestaba. Se puso a recitar el canto XI del *Purgatorio*, después probó a recordar los versos de la *Eneida*: «*Agnosco veteris vestigia flammae*…»

–A usted, don Dominic, no hay quién lo aguante. Pasa de un libro a otro, de una lengua a otra, de una ciencia a otra. Quizá por eso se haya separado –añadió con una sonrisa triste.

Entonces no se enfadó. Le caía bien Nicodim, era un moldavo bueno, honrado y apacible.

–No, don Nicodim, el manual de japonés no tiene nada que ver con nuestra separación.

–Pero ¿por qué el manual de japonés? –le preguntó sorprendido Nicodim.

–Creía que se refería usted a eso, al rumor que circula por la ciudad…

–¿Qué rumor?

–Pues dicen que un día volví a casa con un manual de japonés y que, nada más llegar, al verme abrir el cuaderno y ponerme a estudiar, Laura me dijo… En fin, me dijo que me dedicaba a hacer demasiadas cosas y nunca terminaba ninguna, y que por esa razón nos habíamos separado…

–No, yo no he oído nada de eso. Lo que cuentan unos y otros es que doña Laura estaba empezando a hartarse de las aventuras galantes de usted, que, sobre todo, el verano pasado, en Bucarest, usted no paraba de rondar a una francesa diciéndole que la conocía de la Sorbona…

–¡No! –le cortó con voz cansina levantado los hombros–. Eso fue una cosa muy distinta. Es cierto que Laura sospechaba algo,

2. Miembro de un movimiento fascista de antes de la guerra (*N. del T.*).

porque se había enterado de un lío más antiguo, pero ella es una mujer inteligente, sabía que, lo que se dice amar, sólo la amaba a ella, que las otras, en fin… Pero he de decirle a usted que hemos quedado como muy buenos amigos.

Pero no le dijo más. No se lo había dicho a nadie, ni siquiera a Dadu Rareş, su mejor amigo, muerto de tuberculosis doce años más tarde. Aunque quizá Dadu haya sido el único en adivinar la verdad. Quizá la propia Laura se lo dijera, pues congeniaban muy bien los dos.

–Le escucho –dijo el profesor con un tono de ligera irritación en la voz–. Le escucho y no lo entiendo. Desde hace varios días no hay el menor progreso. Creo que incluso la semana pasada conseguía usted pronunciar ciertas palabras que hoy… Es preciso que colabore usted también. No se preocupe por los periodistas. Las órdenes son muy estrictas, no le va a entrevistar nadie. Evidentemente, lo insólito de las circunstancias que han rodeado su caso han hecho que se comente en la ciudad. Han aparecido noticias y artículos en diversos periódicos, la mayoría absurdos y ridículos. Pero, volviendo a lo nuestro, es preciso que usted colabore, tenemos que saber más y más cosas, de dónde es, quién es, cuál es su profesión, etc.

Asintió obediente con la cabeza y repitió varias veces:

–¡Bien, bien!

«Esto se pone feo, tengo que andar con pies de plomo.» Por fortuna, a la mañana siguiente notó, al pasarse la lengua por las encías, que despuntaba el primer canino. Con exagerada candidez se lo enseñó a la enfermera y después a los internos aparentado que le era imposible articular palabra. Pero los dientes le salían con rapidez, uno detrás de otro. El fin de semana le habían salido ya todos. Cada mañana venía un dentista a examinarlos y a tomar notas para el artículo que preparaba. Durante unos días padeció una gingivitis y, aunque hubiese querido, no habría podido hablar bien. Fueron los días más tranquilos pues se sentía de nuevo protegido, al abrigo de sorpresas. Sentía también una energía y una fe que no había vuelto a conocer desde la guerra, cuando en Piatra Neamț organizó un «Movimiento de Renacimiento Cultural» (así lo llamaron los periódicos locales) sin parangón en el resto de Moldavia. De él habló, en términos muy elogiosos, el mismísimo Nicolae Iorga[1] en una conferencia que dio en el instituto. Por la tarde, estuvo departiendo un rato con él en su casa, y no ocultó su sorpresa al ver los miles y miles de libros de orientalismo, filología clásica, historia antigua y arqueología de su biblioteca.

–¿Por qué no escribe, *colega*? –le preguntó varias veces.

–Estoy en ello, señor profesor, llevo diez años de arduo trabajo para terminar una obra…

Entonces lo interrumpió Davidoglu con su inevitable broma:

–Pregúntele qué clase de obra, señor profesor. *De omni re scibili!*

Era una de sus antiguas chanzas que le repetían siempre que lo veían entrar en la sala de profesores con una pila de libros nuevos recién llegados de París, de Leipzig o de Oxford.

–¿Ha pensado parar alguna vez, don Dominic? –le preguntaban.

–¿Cómo voy a parar si aún no he llegado ni a la mitad del camino?

En realidad, sabía que habiéndose gastado antes de la guerra su escaso peculio en libros caros y en viajes de estudio, estaba obligado a quedarse para siempre de profesor de instituto, y que, de esa forma, la mayor parte de su tiempo lo perdía con las clases. Hacía mucho que ya no le interesaban el latín y el italiano. Si pudiera, le gustaría dar clases de filosofía o de historia de la civilización.

–Con ese empeño de usted de querer hacerlo todo, ni diez vidas le bastarían…

---

1. Destacado político y polígrafo rumano (1871-1940). Rector de la Universidad de Bucarest, ministro de Educación y presidente del Consejo de Ministros *(N. del T.)*.

Una vez respondió casi convencido:

–De una cosa por lo menos sí que estamos seguros, de que para la filosofía no hacen falta diez vidas.

–*Habe nun ach! Philosophie… durchaus studiert!* –citó solemnemente el profesor de alemán–. El resto ya lo conoce.

Por las indiscreciones de los asistentes se enteró de que el profesor estaba nervioso. Bernard lo apremiaba con informaciones más amplias y precisas. «*En somme, qui est ce monsieur?*», le preguntó en una carta. «Eso no es seguro», observó alguien. «Eso lo dice el doctor Gavrilă, pero él tampoco ha visto la carta.» Naturalmente, Bernard se había enterado hacía mucho de que el desconocido al que había examinado a principios de abril no había perdido la vista y había empezado a hablar. Ahora sentía más curiosidad que nunca. No sólo le interesaban las etapas de la recuperación física, sino también todos los detalles referentes a su capacidad mental. El hecho de que entendiera el francés lo inducía a creer que era un hombre de cierta cultura. Quería saber lo que había conservado y lo que había perdido. Sugirió una serie de pruebas de vocabulario, sintaxis y asociaciones verbales.

–Pero, hombre, ¿ha pensado terminar alguna vez?

–Aún me queda por escribir la primera parte. Las otras, la antigüedad, la edad media y la época moderna, las tengo escritas casi del todo. Pero la primera parte, ya sabe, los orígenes, el origen del lenguaje, de la sociedad, de la familia y de todas las otras instituciones… Eso requiere años y años de investigación. Y con nuestras bibliotecas de provincias… En otros tiempos, compraba todos los libros que podía, pero ahora ando escaso de medios…

En realidad, a medida que pasaba el tiempo, tanto más claro le resultaba que jamás llegaría a terminar su único libro, la obra de su vida. Una mañana se despertó con un gusto amargo en la boca. Se acercaba a los sesenta años y aún no había concluido nada de todo lo que había empezado. Mientras que sus «discípulos», como le gustaba llamar a algunos de sus colegas más jóvenes que, rebosantes de admiración, se reunían al menos una tarde a

27

la semana en la biblioteca para oírle hablar de los inmensos problemas que tenía que resolver, sus discípulos se dispersaban con el paso de los años por otras ciudades. No había quedado ninguno a quien poder confiarle siquiera los manuscritos y materiales que había reunido.

Cuando se enteró de que en el café le llamaban el Venerable o Papá Dominic, se dio cuenta de que el prestigio que había adquirido durante la guerra cuando Nicolae Iorga lo alabó al principio de la conferencia y desde Iasi le enviaba de vez en cuando algún estudiante para pedirle libros, ese prestigio comenzaba a palidecer. Poco a poco se percató de que en la sala de profesores o en el café Select ya no era el centro de la atención general, que ya no brillaba como antaño. Y recientemente, desde que oyó a Vaian: «¡El Venerable está chocho perdido!», casi ni se atrevía a hablarles de los libros nuevos que leía o de los artículos de *N. R. F.*, de *Criterion* o de *La fiera Letteraria*. Luego se sucedieron lo que él llamaba, en su lenguaje secreto, «las crisis de conciencia».

–¿Qué hace usted por aquí, señor Matei?

–Estaba paseando. Me ha entrado jaqueca y he salido a dar una vuelta.

–Pero ¿así, en pijama, y en vísperas de Navidad? ¡Se va a enfriar!

Al día siguiente, se había enterado toda la ciudad. Casi seguro que lo esperarían en el café para sonsacarle, pero ese día no fue, ni tampoco al otro.

–¡A la primera ocasión! –exclamó una tarde delante del café Select riendo–. ¡A la primera ocasión!

–¿Qué va a pasar a la primera ocasión? –le preguntó Vaian.

Ciertamente, ¿qué iba a pasar? Lo miraba ceñudo tratando de acordarse. Finalmente, se encogió de hombros y se fue a su casa. Cuando puso la mano en el picaporte lo recordó. A la primera ocasión abriría el sobre azul. «Pero no aquí, donde me conoce todo el mundo. Lejos, en otra ciudad, por ejemplo en Bucarest.»

Una mañana pidió a la enfermera una hoja de papel, un lápiz

y un sobre. Escribió unas líneas, pegó el sobre y se lo dirigió al profesor. Acto seguido se dispuso a esperar sintiendo cómo el pulso se le aceleraba. ¿Desde cuándo no conocía una emoción semejante? Quizá desde la mañana en que se enteró de que Rumania había decretado la movilización general. O tal vez antes, doce años antes, cuando nada más entrar en el salón comprendió que Laura estaba esperándolo para hablar con él. Le dio la sensación de que tenía los ojos húmedos.

–Tengo que hablar contigo –dijo tratando de sonreír–. Es muy importante para nosotros dos y no puedo seguir ocultándolo. Debo confesártelo. Hace mucho que lo vengo sintiendo, pero de un tiempo a esta parte me obsesiona. Siento que ya no eres *mío*… No me interrumpas, por favor. No es lo que tú piensas… Siento que no eres mío, que no estás *aquí*, junto a mí, que estás en otro mundo, y no estoy pensando en tus investigaciones que, aunque no te lo creas, me interesan, pero siento que estás en un mundo ajeno y al que no te puedo acompañar. Tanto para mí como para ti, creo que lo más sensato sería que nos separáramos. Los dos somos jóvenes y los dos amamos la vida… Más adelante verás…

–Bien –dijo el profesor después de doblar cuidadosamente el papel y guardárselo en la agenda–. Ya volveré más tarde.

Volvió al cabo de una hora. Cerró la puerta con llave para que no los molestaran y se sentó en una silla frente a la cama.

–Le escucho. Procure no hacer grandes esfuerzos. Escriba las palabras que no pueda pronunciar –agregó tendiéndole un bloc de notas.

–Comprenderá por qué he tenido que recurrir a esta estratagema. Quiero evitar la publicidad. Ésta es la verdad: me llamo Dominic Matei, el 8 de enero cumplí setenta años, he sido profesor de latín y de italiano en el instituto Alexandru Ioan Cuza de Piatra Neamţ, donde también vivo, en la calle Episcopiei número 18. La casa es mía y allí tengo una biblioteca de cerca de ocho mil volúmenes, la cual he dejado en mi testamento al instituto.

–Extraordinario –exclamó el profesor tras respirar hondo, y volvió a contemplarlo un tanto asustado.

–No creo que le sea difícil controlarse. Pero le suplico mucha discreción. Toda la ciudad me conoce. Si desea alguna prueba más, puedo hacerle el plano de la casa, puedo decirle qué libros se encuentran en el escritorio y cualquier otro detalle que desee. Pero, al menos por ahora, no debe saberse lo que me ha pasado. Tal y como usted mismo ha dicho, ya es bastante sensacional que haya salido ileso. Si se sabe que he rejuvenecido, no volveré a tener paz… Le cuento todo esto porque los agentes de la Seguridad que ya han estado por aquí nunca creerán que yo tengo ya setenta años cumplidos. Así pues, no creerán que yo soy quien soy, me interrogarán y Dios sabe lo que puede pasar en un interrogatorio… Por favor, si considera que vale la pena estudiar mi caso, quiero decir, que vale la pena seguir estudiándolo aquí, en el hospital, le ruego que me procure una identidad falsa. Naturalmente, será de forma provisional, y si más adelante no está satisfecho de mi conducta, puede revelar mi identidad en cualquier momento…

–No se trata de eso. Por ahora, lo importante es una sola cosa: tener una situación en regla. Eso no creo que sea difícil de obtener. Pero ¿qué edad podemos darle? Cuando se afeite la barba tendrá el aspecto de un joven de treinta o treinta y un años. ¿Digamos treinta y dos?

Volvió a preguntarle el nombre de la calle y el número y se los anotó en la agenda.

–La casa, como es natural, estará cerrada –dijo tras una pausa.

–Sí y no. Una mujer vieja, Veta, mi ama de llaves de toda la vida, vive en dos habitaciones pegadas a la cocina. Ella tiene las llaves de las otras habitaciones.

–En alguna parte habrá un álbum de fotografías; para ser más exacto, con fotografías suyas de cuando era joven.

–Sí las hay. Están en el primer cajón del escritorio. Hay tres álbumes. La llave del cajón se halla debajo de una tabaquera, sobre el propio escritorio. Pero si la persona que envíe usted habla con Veta, se enterará toda la ciudad.

—No hay ningún peligro si procedemos con prudencia.

Se metió la agenda en el bolsillo, pensativo, y guardó silencio unos segundos, sin apartar la vista de él.

—Reconozco que su caso me apasiona —dijo levantándose—. No entiendo nada, ni tampoco nadie de nuestro equipo lo entiende. Quizá sea por los ejercicios que hace por las noches cuando se queda solo.

Se encogió de hombros confundido.

—Notaba que se me entumecían las piernas y me bajé de la cama y aquí, en la alfombra...

—¿No le ha chocado nada?

—Pues sí. Me he palpado por todas partes. He sentido los músculos como los tenía en otro tiempo, fuertes y vigorosos. No me lo esperaba. Después de tantas semanas de inmovilidad casi absoluta, deberían estar, ¿cómo decirlo?, como una especie de...

—Sí, así deberían estar —lo interrumpió el profesor.

Se dirigió a la puerta pero se detuvo, se volvió y lo miró a los ojos.

—No me ha dado su dirección de aquí, de Bucarest.

Notó que se ponía colorado pero, con un esfuerzo, logró sonreír.

—No tengo ninguna porque acababa de llegar. Vine en tren de Piatra Neamţ—. Llegué casi a medianoche. Era la noche de Resurrección.

El profesor se quedó mirándolo con aire incrédulo.

—Pero, en cualquier caso, iba a alguna parte... Y allí en la acera, junto a usted no se encontró ninguna maleta...

—No llevaba maleta. No llevaba nada encima, salvo un sobre azul. Había venido con ánimo de suicidarme. Tenía la sensación de estar condenado. Arterioesclerosis. Estaba perdiendo la memoria.

—¿Vino aquí a suicidarse?

–Sí. Creía que no tenía otra solución. La única solución era el sobre azul. Allí guardaba, desde hacía mucho tiempo, unos miligramos de estricnina.

2

Sabía que estaba soñando y se pasaba continuamente la mano por el rostro recién afeitado pero no conseguía despertarse. Sólo cuando el coche llegó al extremo del bulevar reconoció el barrio; sobre todo, lo reconoció por el aroma de los tilos en flor. «Nos dirigimos a la Carretera.»[1] Hacía años que no había pasado por allí y miraba con emoción las casonas que le recordaban sus años de estudiante. A continuación enfilaron por una alameda flanqueada de altos árboles. Al momento, se abrió un portón y el coche avanzó lentamente por la gravilla hasta detenerse frente a una escalera de piedra jaspeada.

–¿Por qué no bajan? –dijo una voz desconocida.

Miró asombrado a su alrededor; no había nadie. Le pareció que arriba, en lo alto de la escalera, se abría una puerta. De manera que estaban esperándolo. «Debería bajar», pensó.

Al despertar, lo deslumbró la intensa luz que entraba en la habitación y miró sorprendido el reloj. Todavía no eran las seis. Seguramente se habían olvidado de correr las cortinas. Al rato oyó abrirse la puerta.

–Le he traído ropa –dijo la enfermera acercándose sonriente a la cama con los brazos cargados.

---

1. Zona de grandes parques y mansiones donde residía la alta sociedad de la época (*N. del T.*).

Era Anetta, todavía bastante joven y la más desenvuelta. (Unos días antes le dijo mirándolo atentamente a los ojos: «Cuando salga usted de aquí podríamos quedar una tarde para ir al cine».) Lo ayudó a vestirse aunque no necesitaba ayuda. Adivinaba por la mirada de desencanto de la joven que la chaqueta no le caía muy bien, «le queda estrecha de hombros», y la corbata azul de pequeños triángulos grises no hacía juego con la camisa a rayas. En seguida entró el interno de servicio. Comenzó a examinarlo con atención arrugando el entrecejo.

–Se ve a la legua que esta ropa no es suya. Podría resultar sospechoso. Tendremos que buscarle otra cosa. El doctor Gavrilă decía que tenía algunos trajes de la mejor calidad que le habían quedado de un tío suyo.

–Se los dejó de herencia al morir –precisó Anetta–. Y no está bien llevar ropa de muertos ajenos. Cuando se trata de los nuestros es otra cosa. Los llevamos en su memoria, como un recuerdo.

–No tiene importancia. En todo caso, hoy ya no queda tiempo. Quizá en otra ocasión, cuando vuelva por aquí…

–Sí –terció el interno–, pero con esa chaqueta va llamando la atención y se arriesga a que lo sigan.

–Si se acurruca bien en el fondo del coche puede que no lo vean.

Dos horas más tarde, bajó al patio acompañado del doctor Chirilă, que le caía menos simpático porque, luego de sorprenderlo escondido en la habitación, tenía la impresión de que se pasaba el tiempo espiándolo. Al ver el coche se paró en seco.

–Este coche lo he visto antes. Lo vi anoche en sueños. Hay quien diría que eso es mala señal, que podría tener un accidente.

–Yo no soy supersticioso –dijo despacio y sentencioso el doctor Chirilă abriendo la portezuela–. De todos modos, nos están esperando.

Cuando el coche se dirigió al bulevar, sintió una extraña paz interrumpida incomprensiblemente por accesos casi violentos de alegría.

–Abra la ventanilla, que pronto pasaremos bajo los tilos en flor –dijo. Y poco después–: Ahora nos acercamos a la Carretera. –Y luego–: Mire qué edificio tan bonito, con esos árboles tan altos y esa alameda limpia de gravilla y la escalera de piedra jaspeada.

El interno, silencioso e incómodo, no apartaba sus curiosos ojos de él. El coche se detuvo frente a la escalera.

–¿Por qué no bajan? –dijo una voz.

–Estamos esperando a que venga el centinela para hacer la entrega –dijo el conductor.

Pronto se oyeron pasos apresurados por la gravilla y detrás del coche apareció un hombre moreno, picado de viruelas y con un corte de pelo militar. Chirilă abrió la portezuela.

–Este caballero es la persona de la que le han informado. Cuide de no confundirlo con otro paciente. De ahora en adelante, usted será el responsable.

–Entendido. No se preocupe. Me andaré con cien ojos.

–Lo que el señor haga dentro o en el jardín –lo interrumpió Chirilă–, no es asunto de usted. Usted vigile la puerta.

Le gustaba la habitación. Era espaciosa, tenía unas ventanas que daban al parque y, tal y como le había asegurado el profesor, tenía una mesa de madera y en las paredes estanterías para libros. Se acercó a la ventana abierta y respiró hondo. Creyó notar el aroma de rosas silvestres. Sin embargo, no conseguía alegrarse. Sonreía acariciándose con la mano izquierda la mejilla pero tenía la sensación de que todo lo que estaba pasando de un tiempo a esta parte no le afectaba *realmente*, que se trataba de otra cosa, de *otra persona*.

–Trate de describir lo más exacta y detalladamente posible lo que entiende usted por *otra persona* –lo interrumpió un día el profesor–. ¿En qué sentido se siente *extraño*? ¿Aún no se ha «instalado» en su nueva situación? Es muy importante. Anote todo lo que le pase por la cabeza. Si no tiene ganas de escribir o tiene muchas cosas que decir, utilice el magnetofón indicando siempre el día, hora y lugar, y precisando si está dictando tumbado en la cama o paseando por la habitación.

En los últimos días, en el hospital, llenó una libreta casi entera. Escribía todo tipo de cosas, libros de los que se acordaba (y le agradaba indicar la edición, el año de publicación y el año en que lo leyó por primera vez para poder controlar esta prodigiosa recuperación de la memoria), versos en todas las lenguas que había aprendido, ejercicios de álgebra y algunos sueños que le parecieron significativos. Pero no consignó ciertos descubrimientos recientes. Sentía una incomprensible resistencia, de la cual un día le habló al profesor.

–Es muy importante que averigüemos la significación de esta resistencia –le dijo–. Trate por lo menos de hacer alusión a ella, para que sepamos si lo que *no quiere* decir («no puedo decirlo», lo interrumpió mentalmente) se refiere a acontecimientos del pasado o si se trata de otra cosa relacionada con su nueva condición, sobre la cual, repito, sabemos todavía muy poco.

Se volvió de la ventana y, después de recorrer varias veces la habitación, paseando como en otro tiempo, durante su mocedad, con las manos cruzadas a la espalda, se tendió en la cama. Se quedó con los ojos abiertos mirando al techo.

–Le hemos traído el álbum de familia –le dijo una mañana–. El que tiene sus fotos del instituto, de la universidad, de Italia… ¿No siente curiosidad por verlas?

–Para ser sincero, no.

–¿Por qué?

–Ni yo mismo lo sé. Estoy empezando a distanciarme de mi pasado. Es como si ya no fuera yo mismo.

–Es curioso. Tendríamos que saber los motivos.

Finalmente, resignado, se decidió a hojearlo. El profesor se sentó al lado de la cama, en una silla, y lo miraba fijamente sin conseguir ocultar su curiosidad.

–¿En qué piensa? –le preguntó al cabo de unos minutos–. ¿Qué recuerdos le vienen? ¿Qué asociación de ideas?

Titubeó y se frotó la cara con la palma de la mano izquierda. («Sé que este gesto se me ha convertido en un tic», había reconocido varias veces.)

–Me acuerdo perfectamente del año y del lugar donde se tomaron todas y cada una de ellas. Podría decir que me acuerdo incluso del *día*. Es como si estuviera oyendo las voces de los de alrededor y lo que decían y sintiera en la nariz el olor específico de aquel lugar y de aquel día... Mire, por ejemplo, aquí, donde estoy con Laura, en el Tívoli. Al ver la fotografía he sentido el calor de aquella mañana y el aroma de las adelfas, pero también he sentido un olor penetrante, pesado, de brea caliente y recuerdo que a unos diez metros del lugar donde nos fotografiamos había dos calderas de brea.

–Es una especie de hipermnesia con efectos laterales –dijo el profesor.

–Es horrible. Es demasiado y es inútil.

–Parece inútil porque no sabemos todavía qué hacer con ella, con esa fantástica recuperación de la memoria... En cualquier caso, tengo que darle una buena noticia. Dentro de unos días recibirá de su biblioteca de Piatra Neamț los libros que anotó en la primera lista, es decir, todas las gramáticas y diccionarios que necesitaba. Bernard está entusiasmado. Me ha dicho que no podíamos haber encontrado una prueba más acertada. Lo que más le ha interesado es el hecho de que empezara usted a estudiar el chino en su juventud y que lo abandonara durante unos diez o doce años, antes y durante la guerra, que luego se pusiera de nuevo a estudiarlo para, finalmente, dejarlo del todo. Nos encontramos, pues, con varios estratos de la memoria. Si se toma la molestia de analizarse y de anotarlo todo con atención, veremos qué estrato es el que ha reanimado a los demás.

Permanecieron unos momentos mirándose el uno al otro, como si cada uno esperara que el otro fuera el primero en hablar.

–¿Qué piensan en Piatra Neamț de mi desaparición? –preguntó de pronto–. No es que tenga mucha curiosidad, pero me interesaría saber desde ahora las oportunidades que tengo.

–¿Qué clase de oportunidades?

Sonrió cohibido. En el momento mismo de decirlo, la frase le pareció vulgar e inoportuna.

–Las oportunidades de continuar la vida que he empezado hace poco, sin riesgo de tener que reintegrarme a mi biografía anterior...

–Por ahora no puedo decirle nada con exactitud. Sus amigos de Piatra Neamț creen que se encuentra amnésico por algún hospital de Moldavia. Alguien recordó que el sábado santo lo vio a usted en la estación, pero no sabe en qué tren se subió. El hombre iba con prisas a su casa.

–Sospecho quién fue el que me vio en la estación.

–Para poder reunir los libros que anotó usted, la policía tuvo que simular un registro. El pretexto fue que, al enterarse de que usted había desaparecido, uno de los legionarios que buscaban podría haberse escondido en la biblioteca.

Permaneció meditabundo unos momentos como si vacilara en continuar.

–Pero, como es lógico, conforme pase el tiempo más difícil se hará. Pronto sabrán también en Piatra Neamț lo que sabe todo Bucarest, que a alguien, a un desconocido de edad avanzada, le cayó un rayo y a las diez semanas está perfectamente sano y rejuvenecido. Esperemos que el resto no se sepa.

Dos semanas después, al bajar al jardín, se encontró frente a frente con una mujer de extraña belleza, belleza que por motivos difíciles de entender trataba de atenuar con estudiada vulgaridad, maquillándose de forma exagerada y torpe. La sonrisa que le dirigió la desconocida, provocativa y a la vez casta, le recordó uno de sus últimos sueños. Hizo una ligera inclinación y le dijo:

–Tengo la impresión de habernos visto en otra parte.

La joven se echó a reír. («Qué lástima, se ríe con la misma vulgaridad con la que se maquilla.»)

–Es usted muy discreto. –Tuvo la sensación de que hablaba como si estuviese en un escenario–. Claro que nos hemos visto, y muchas veces.

–¿Dónde y cuándo?

La joven juntó levemente las cejas y buscó sus ojos.

—La última vez, anoche, en la habitación número seis. La suya está al lado, en el número cuatro.

Esa misma noche vino el profesor para devolverle el cuaderno y leerle las últimas anotaciones. Lo escuchó preocupado, sin sonreír en ningún momento y evitando su mirada.

—Yo creía que usted sabía de lo que se trataba y que comprendía…, ¿cómo diría yo?, la intención científica del experimento. Ningún análisis es completo sin el indicador de la capacidad sexual. Le recuerdo la pregunta que le hizo Bernard la última vez.

Le habría gustado reír, pero no logró más que asentir varias veces con la cabeza, sonriente.

—¡Vaya si me acuerdo! Quería que me tragara la tierra de vergüenza. Desnudo, tendido en la mesa, delante de tantos médicos y sabios extranjeros…

—Yo le había prevenido de que iba a ser una especie de junta de médicos internacional. Habían venido todos por usted, no podían creer la información que habíamos publicado en *La presse médicale*.

—No me esperaba una pregunta semejante. Sobre todo porque aún estaba en el hospital y, por lo tanto, no tenía posibilidad de confirmar o invalidar mi posible capacidad sexual.

El profesor sonrió, encogiéndose de hombros.

—Yo me había enterado de algo, indirectamente, por supuesto, por las enfermeras.

—¿Por las enfermeras?

—Nosotros pensábamos que había sido iniciativa de usted. En cualquier otra circunstancia, el paciente y la enfermera en cuestión habrían sido sancionados. Pero en su caso, no sólo cerramos los ojos sino que apreciamos la información. En fin, el contexto importa poco. Lo importante es solamente la información. Pero en el caso de la señorita del número seis se trata de otra cosa. Vale más que se lo diga ahora, no vayan a surgir luego complicaciones. Esa señorita nos la ha impuesto la Seguridad.

–¿La Seguridad? –repitió con un dejo de temor–. ¿Y por qué?

–No pretendo estar al cabo de la calle, pero sé que la Seguridad está muy interesada en su caso. No deben de estar convencidos de que yo les haya contado toda la verdad. Y, en el fondo, tienen razón. Sea como fuere, la Seguridad *no cree* en su metamorfosis. Están convencidos de que la historia que circula por la ciudad del rayo de la noche de Resurrección, de su inconsciencia, su recuperación y su rejuvenecimiento, es una invención de los legionarios. Que, en realidad, es una leyenda fabricada para camuflar la identidad de un importante jefe legionario y para preparar su fuga al otro lado de la frontera.

Lo escuchaba sorprendido pero sereno.

–Entonces, mi situación es más grave de lo que me imaginaba. Pero ya que, por ahora, no existe otra solución…

–La solución la encontraremos a su debido tiempo. Debo añadir, para su información, que está, y lo ha estado desde el principio, sometido a vigilancia por parte de la Seguridad. Por eso se le ha proporcionado un traje con el que no se atrevería a salir a la calle pues lo detendrían inmediatamente. Ni tampoco se atrevería a circular por la ciudad con esta blusa, el uniforme de la clínica, que, por otro lado, es bastante elegante. Y tal y como comprendió desde el principio, si quiere pasear no puede traspasar la puerta… Esto es todo lo que sabemos nosotros. Pero quién sabe cuántos informadores tendrá la Seguridad entre el personal de servicio de la clínica…

Rompió a reír y se pasó varias veces la mano izquierda por la cara.

–En el fondo, quizá sea mejor así. Me siento al abrigo de sorpresas.

El profesor lo miró largamente, como si dudara continuar. Luego, se decidió de repente:

–Volvamos ahora al problema más importante. ¿Está *seguro* de que en sus recuerdos todas las experiencias sexuales pasaban como sueños eróticos?

Permaneció un rato pensativo.

–Ahora ya no estoy tan seguro. Hasta esta tarde, estaba convencido de que se trataba de sueños.

–Se lo pregunto porque en la libreta que he leído usted ha anotado toda clase de sueños sin elementos *manifiestamente* eróticos.

–Quizá habría debido anotar los otros también, pero no me parecieron significativos. De todas formas, si he confundido las experiencias reales con los sueños eróticos, las cosas son más complicadas de lo que me había figurado.

Con gesto infantil y ridículo se puso la mano en la sien, como si quisiera hacer ver que estaba concentrándose.

–Le escucho. ¿En qué sentido podrían ser más complicadas de lo que parece?

Levantó bruscamente la cabeza y sonrió con apuro.

–No sé si usted habrá entendido ciertas alusiones del cuaderno, pero desde hace un tiempo tengo la impresión…, ¿cómo decirlo?, de que aprendo mientras duermo. Más exactamente, sueño que aprendo; por ejemplo, abro una gramática en sueños, leo varias páginas y las memorizo, o que hojeo un libro.

–Muy interesante. Pero me parece que eso no lo ha anotado con claridad y precisión en el cuaderno que he leído.

–No sabía muy bien cómo describirlo. Eran sueños en serie, didácticos en cierto sentido, me parecía que prolongaban las lecturas que hacía durante el día. Incluso llegué a creer que soñaba con reglas gramaticales, con vocabularios y etimologías porque esas cosas me apasionaban. Pero ahora me pregunto si, de forma más o menos parecida a un sonámbulo, no me despertaba por las noches y continuaba con mi tarea.

El profesor lo miraba con suma atención, con el ceño levemente fruncido, señal, como había observado hacía tiempo, de que estaba tentado de hacerle muchas preguntas a la vez.

–En cualquier caso, no parece cansado, no tiene la expresión del intelectual que se pasa leyendo parte de la noche. Pero si así fuera, ¿cómo es que nadie se ha percatado de la luz, de una lámpara encendida hasta altas horas en su habitación?

Se levantó del sillón y le tendió la mano.

–Lo paradójico es el hecho de que esa vacilación o, más concretamente, esa confusión entre las experiencias oníricas y el estado de vigilia, se ha desarrollado paralelamente a su hipermnesia. Lo que me contaba del olor de las adelfas y de la brea que notó contemplando una fotografía de hace casi cuarenta años.

–¡Pero ahora ya no estoy seguro tampoco de eso, de la hipermnesia! ¡Ya no estoy seguro de nada!

Al quedarse solo pensó: «Muy bien dicho. «No estoy seguro de nada.» De esta forma, estás siempre a cubierto. Siempre puedes contestar que has soñado o, cuando te convenga, puedes decir lo contrario. Pero ¡mucho ojo! ¡Nunca digas toda *la verdad*!»

Volvió la cabeza y miró sorprendido a su alrededor. Momentos después susurró, como si se dirigiera a alguien que estuviera presente pero fuera invisible:

–Pero aunque quisiera decirlo, ¡*no puedo*! No entiendo por qué –agregó bajando más la voz–, pero hay ciertas cosas que me es imposible contarle…

Aquella noche pasó mucho tiempo luchando contra el insomnio. (Era su primera noche de insomnio desde que salió de Piatra Neamţ, y eso lo irritaba. Casi toda su vida había padecido de insomnio y en este último tiempo creía haberse curado.) Como de costumbre, pensaba en el misterio de la memoria que había recuperado. En realidad, hacía mucho que se había dado cuenta. Tampoco podía hablarse de recuperación porque era infinitamente mayor y más precisa que la que había tenido jamás. Una memoria de mandarín, como la que, según Chavannes, debía tener un sinólogo. Estaba empezando a creer que tenía más aún: una curiosa hipermnesia. Antes incluso de que le trajeran las gramáticas y el diccionario de Piatra Neamţ, un día advirtió que podía recitar textos chinos al tiempo que visualizaba los caracteres y los traducía a medida que los recitaba. Unos días más tarde, se puso a ojear, febril, el diccionario de Giles para comprobar las grafías, la pronunciación y la traducción. No había cometido ningún error. Escribió unas líneas en el cuaderno con cierto pesar: Bernard se iba a decepcionar; le era imposible precisar qué estrato de la memoria había aparecido primero. Se dio cuenta de que dominaba el chino como nunca. Ahora podía abrir cualquier texto y, al leerlo, lo entendía con la misma facilidad con que habría leído uno en latín o en italiano antiguo.

Era una noche muy calurosa y la ventana que daba al parque estaba abierta. Le pareció oír pasos y, sin encender la luz, bajó de la cama y se acercó a la ventana. Vio al centinela y comprendió que éste lo había visto también a él.

–¿Usted no duerme? –le preguntó en voz muy baja para no despertar a los vecinos.

El guardián se encogió de hombros, seguidamente se dirigió al parque y se perdió en la oscuridad. «Si le preguntara mañana, seguramente me contestaría que yo estaba soñando. Y, no obstante, *estoy seguro* de que esta vez no he soñado.» Volvió a la cama, cerró los ojos y se dijo, como antaño, cuando sufría de insomnio: «En tres minutos me tengo que dormir». «Tienes que dormir, porque sobre todo cuando duermes es cuando más aprendes», oyó decir a su pensamiento. «Sueños didácticos, decía esta tarde el profesor; decía que tendría todavía una serie de sueños didácticos. Pero no en relación con el chino. Otra cosa más importante, otra cosa.»

Le gustaba escuchar sus pensamientos, pero en esta ocasión sintió una incomprensible desazón y murmuró amenazador: «Si no me duermo antes de contar veinte, bajo y me pongo a pasear por el parque». Pero no pasó de siete.

Unos días más tarde, el profesor le preguntó, sin levantar los ojos del segundo cuaderno de anotaciones que acababa de confiarle:

–¿Recuerda por casualidad que una noche bajó por la ventana y fue hasta el fondo del jardín, donde están los rosales?

Sintió que se ponía colorado y se asustó.

–No. Pero me acuerdo de que no lograba dormir y, en un momento dado, me dije que si no me dormía antes de contar veinte, bajaría y me pondría a pasear por el parque. Pero no recuerdo qué pasó después. Seguramente me quedaría dormido en seguida.

El profesor lo miró con una sonrisa enigmática.

–No, no se durmió en seguida… Porque estuvo un buen rato alrededor de los rosales.

–¡Entonces soy sonámbulo! ¡Por vez primera en mi vida he tenido una crisis de sonambulismo!

El profesor se levantó, se dirigió a la ventana y permaneció un tiempo mirando al frente. Después, se volvió y se sentó de nuevo.

–Eso pensé yo también. Pero las cosas no son tan sencillas. Cuando el centinela dio la alarma, dos empleados, probablemente agentes de la Seguridad, corrieron a inspeccionar la calle (no sabían que el centinela ya lo había descubierto a usted) y vieron un coche con los faros apagados, esperando fuera, justamente frente a los rosales donde se encontraba usted. Por supuesto, el coche desapareció antes de que pudieran anotar la matrícula.

Se pasó varias veces la mano por la frente.

–Si no fuera por usted…

–Sí, parece increíble –lo atajó el profesor–. Sin embargo, hay tres testigos, gente sencilla pero de confianza, y con cierta experiencia.

–¿Y qué me hicieron? ¿Me subieron y me trajeron a la habitación?

–No. En el jardín sólo estaba el centinela. Dice que en cuanto usted lo vio, dio media vuelta. Que entró en la habitación, siempre por la ventana, igual que había salido. Sonámbulo o no, eso poco importa. Lo grave es que la Seguridad ahora no tiene ninguna duda de que se está preparando su evasión. El que lo sorprendieran justo allí, donde al otro lado del muro, en la calle, estaba esperando el coche, prueba, en su opinión, que usted estaba al tanto de lo que se tramaba y que estaba de acuerdo. Se han tenido que hacer gestiones a muy alto nivel para que no lo detuvieran.

—Se lo agradezco —respondió azorado, secándose la frente.

—Por ahora se han doblado las medidas de vigilancia. La calle está vigilada continuamente durante la noche. Habrá un policía vestido de paisano delante de su ventana, como ahora y —añadió bajando la voz—, por las noches, el centinela dormirá en un catre de campaña en el pasillo, frente a la puerta.

Se levantó del sillón y comenzó a pasear, pasándose inconscientemente la libreta de notas de una mano a otra. A continuación, se detuvo frente a él y lo miró profundamente a los ojos.

—¿Y usted cómo explica esta serie de coincidencias? Ha tenido un insomnio, seguido, según sus propias palabras, de una crisis de sonambulismo por vez primera en su vida. Durante la crisis, se fue hasta los rosales, *exactamente* al lugar donde, al otro lado del muro, estaba esperándole un coche con los faros apagados. Un coche que desapareció en cuando se dio la alarma. ¿Cómo lo explica?

Se encogió de hombros desalentado.

—No entiendo nada. Hasta la semana pasada me resultaba difícil reconocer que, *en efecto*, confundía algunos sueños con el estado lúcido, pero no he tenido más remedio que rendirme a algunas evidencias. Ahora, la crisis de sonambulismo, el coche que me estaba esperando…

El profesor abrió la cartera, casi llena, y metió con gran cuidado el cuaderno entre revistas y folletos.

—Por repetir yo también su expresión de antes, si no lo conociera por sus fotos familiares, si no hubiese visto sus fotografías desde los treinta hasta los sesenta y pico de años, habría estado dispuesto a admitir la hipótesis de la Seguridad. O sea, que usted es el mismo que dice la Seguridad.

«¿Por qué te torturas?», oyó a sus pensamientos cuando apagó la luz. «Todo se desarrolla con normalidad. Así tenía que ocurrir. Que te confundan con otros, que crean que ya no puedes distinguir el sueño de la realidad y otras confusiones por el estilo. No podías encontrar mejor camuflaje. Al final te convencerás de que no hay ningún peligro, que miran por ti...»

Interrumpió unos segundos el hilo de sus pensamientos y luego susurró:

—¿Quién mira por mí?

Esperó unos instantes y se preguntó en un tono que no reconocía: «¿Creías que todas las cosas por las que has pasado son puro azar? No se trata de lo que yo crea o deje de creer, ¿qué me importa si miran o no miran por mí?» Esperó unos momentos con temor. Volvió a oír la voz de su cerebro: «Ya te enterarás más tarde. Eso ahora no interesa... Además, has adivinado algo, lo adivinaste hace tiempo pero no te atrevías a reconocerlo. Y si no, ¿por qué no le hablas nunca al profesor de *ciertos pensamientos* ni tampoco los mencionas en la libreta? Si no supieras que hay *algo más*, ¿por qué no haces ninguna alusión a todo lo que has descubierto en las dos últimas semanas? Pero volvamos a mi pregunta», quiso interrumpir el curso de su pensamiento. Esperó un tiempo y, cuando creía que empezaba a vislumbrar la respuesta, se durmió.

«Vale más charlar en sueños. Cuando se duerme, entiendes más rápida y profundamente. Le decías al profesor que durante el sueño continúas con los estudios que hacías durante el día. En realidad, hace mucho que estás convencido de que eso no es del todo verdad. No has aprendido nada ni en horas de sueño ni en horas de vigilia. Lentamente, poco a poco te has dado cuenta de que dominas el chino, igual que más tarde descubrirás que dominas otros idiomas que te interesan. Ya no te atreves a creer que te acuerdas, *ahora*, de lo que aprendiste en otro tiempo y habías olvidado. Piensa en la gramática albanesa.»

Ese recuerdo fue tan brutal que se despertó y encendió la luz. No pudo creerlo, ni podía creerlo ahora, a la semana del descubrimiento. Sabía que jamás había estudiado el albanés. Hace unos veinte años compró la gramática de G. Meyer, pero no pasó

nunca del prólogo. No había vuelto a consultarla desde entonces. Sin embargo, cuando abrió uno de los paquetes que llegaron
de Piatra Neamţ y la vio, la abrió al azar, por el final, y comenzó
a leer. Con miedo y emoción, constató que lo entendía todo.
Buscó la traducción del párrafo y se convenció. Ni el menor
error. Bajó de la cama y se dirigió a la biblioteca. Quería a toda
costa probar una vez más. Entonces oyó una voz desconocida que
llegaba desde afuera, frente a la ventana abierta.

–¿Es que usted no duerme?

Se volvió a la cama, cerró los ojos con furia, apretando los
párpados y repitió en voz muy baja:

–¡No tengo que pensar! ¡No pensar nunca en nada!

«Eso estás diciéndote desde la primera noche en el hospital».

Creía que estaba empezando a entender lo que había pasado.
La inmensa concentración de electricidad que, al explotar encima mismo de él, lo había atravesado, le había regenerado todo el
organismo y había ampliado hasta extremos fabulosos todas sus
facultades mentales. Pero esa descarga eléctrica hizo igualmente
posible la aparición de una nueva personalidad, una especie de
"doble", una persona a la que oía hablarle, sobre todo mientras
dormía, y con la que a veces conversaba amistosamente y otras
disputaba. Es probable que esa nueva personalidad se hubiera for-
mado progresivamente durante la convalecencia, partiendo de
los estratos más hondos del inconsciente. Siempre que se repetía
esa explicación se escuchaba pensar: «¡Exacto! La fórmula del
"doble" es correcta y útil. Pero no tengas prisa en comunicárselo
al profesor».

Se preguntó, divertido e irritado a un tiempo, el porqué de sus
continuas llamadas a la prudencia, cuando había decidido hacía
mucho no tocar esta cuestión (en realidad, ni siquiera se había
visto obligado a tomar una determinación; sabía que *no podía* hacer otra cosa). Durante las conversaciones, el profesor volvía in-
cesantemente sobre la hipermnesia y su progresivo distancia-
miento del pasado.

–Podría traerle los manuscritos y todas sus notas –le propuso hacía poco–. Con las posibilidades con las que cuenta ahora, podría concluir su obra en unos meses.

Levantó los dos brazos en alto.

–¡No! ¡No! –exclamó casi presa del pánico–. ¡Ya no me interesa!

El profesor lo miró sorprendido, un tanto desilusionado.

–Se trata de la obra a la que consagró toda su vida.

–Habría que volverla a escribir desde la primera página hasta la última y no creo que valga la pena. Tiene que permanecer lo que ha sido hasta ahora, *opus imperfectum*. Pero quería preguntarle algo –prosiguió como si quisiera cambiar rápidamente de conversación–, aunque temo parecer indiscreto. ¿Qué me ha pasado en la última semana? ¿Qué han informado el centinela y todos los demás?

El profesor se levantó del sillón y se dirigió a la ventana. Momentos después volvió caviloso.

–Saben volverse invisibles cuando la ocasión lo requiere, pero todos están al pie del cañón. No han hecho ningún informe del otro jueves. Solamente que enciende usted la luz muchas veces por la noche, la enciende y la apaga en seguida, a los pocos minutos. Al menos, eso me han dicho. Pero sospecho que no me lo dicen todo. Sospecho que han averiguado algo bastante importante o que están en vías de descubrirlo.

–¿En relación conmigo? –preguntó consiguiendo dominar su emoción.

El profesor vaciló unos instantes, se levantó y se dirigió a la ventana.

–No lo sé –dijo tras una pausa–. Podría ser que no fuera *únicamente* en relación con usted.

La mañana del 3 de agosto vino a verlo inesperadamente.

–No sé si tenemos que alegrarnos o no. Sepa usted que se ha hecho famoso en los Estados Unidos. Una revista ilustrada ha publicado incluso un artículo y una entrevista con usted, evidentemente apócrifa. «Cómo fui fulminado por un rayo.» El artículo ha causado sensación. Lo han traducido y se ha reproducido por todas partes. En la Dirección de Prensa me han informado que reporteros de tres grandes diarios americanos llegaron anoche y quieren a costa de lo que sea entrevistarse con usted. Les han dicho que, por ahora, los médicos se oponen a que reciba ninguna clase de visitas. Pero ¿cuánto tiempo podremos seguir ocultándonos? Es probable que a esta hora los periodistas ya se hayan puesto a indagar. Los internos y las enfermeras les contarán todo lo que saben y muchas cosas más, por añadidura. También encontrarán informadores aquí. Respecto a las fotografías, no me hago ilusiones. Tengo la seguridad de que lo habrán fotografiado innumerables veces paseando por el parque, asomado a la ventana y puede que incluso tumbado en la cama... Pero veo que la noticia no le impresiona gran cosa –dijo tras mirarlo unos momentos a los ojos–. No dice usted nada...

–Estaba esperando la continuación.

El profesor se acercó a él sin dejar de mirarlo profundamente a los ojos.

–¿Cómo sabe que existe una continuación?

–Me lo imaginé por su nerviosismo. Nunca lo había visto tan nervioso.

El profesor alzó los hombros y esbozó una amarga sonrisa.

– Usted nunca me había visto así, pero yo soy un hombre bastante nervioso. Mas volvamos a su caso. Han surgido un sinfín de complicaciones, sobre todo en las dos semanas en que he estado fuera.

–¿Por mi causa?

–Ni por su causa ni por la mía. Usted ha permanecido casi todo el tiempo aquí, en su habitación. (Lo sé porque telefoneaba casi todos los días.) En lo que a mí respecta, en las dos semanas que he pasado en Predeal sólo he comentado su caso con unos colegas de cuya discreción no puedo dudar. Pero han ocurrido más cosas –prosiguió levantándose del sillón–. Primero, la señorita del número seis, la agente que nos impuso la Seguridad, desapareció hará unos diez días. La Seguridad sospechaba desde hacía tiempo que era una agente doble, pero no que estaba al servicio de la Gestapo.

–¡Qué raro! ¿Y cómo se han enterado tan pronto?

–Porque fue descubierta la red de la que ella formaba parte y detuvieron a los tres agentes que estuvieron esperándole a usted varias noches en el coche con los faros apagados. La Seguridad intuyó que lo iban a secuestrar para sacarlo del país y llevarlo luego a Alemania. Sin embargo se engañó acerca de la identidad, no se trataba de un cabecilla legionario, se trataba de *usted*.

–Pero ¿por qué?

El profesor se dirigió a la ventana, pero se volvió con un movimiento brusco y lo miró con curiosidad unos momentos, como si esperase a que añadiese algo.

–Por estar usted tal y como está, después de todo lo que le ha pasado. No me he hecho nunca demasiadas ilusiones. Sabía que un día se sabría. Por eso he hecho varios informes para *La presse médicale*. Quería que lo que pudiera saberse procediera directamente de la fuente. No lo he contado todo, naturalmente. Me he limitado a informar de las etapas de su recuperación física e intelectual. Sólo hay una alusión, y bastante oscura, a la regeneración y al rejuvenecimiento. Y nada sobre la hipermnesia. Pero se ha sabido todo. Tanto lo de su fenomenal memoria como lo de la recuperación de todos los idiomas que aprendió en su juventud. Así pues, se ha convertido en el más preciado ejemplar humano que existe hoy en todo el globo. Todas las Facultades de Medicina del mundo quisieran disponer de usted, aunque sólo fuera temporalmente.

–¿Una especie de cobaya?

–En ciertos casos, sí, una cobaya. Al disponer de la información transmitida por la señorita del número seis, es fácil entender por qué la Gestapo quería secuestrarlo como fuera.

Permaneció un rato pensativo y, de pronto, una ancha sonrisa le iluminó el rostro.

—Su compañera de una noche, o de muchas...

—Me temo que hayan sido muchas —reconoció sonrojándose.

—Esa señorita era más inteligente de lo que suponía la Seguridad. No se contentó con verificar el potencial erótico de usted ni, aprovechándose de la condición parasonámbula en la que se encontraba, con tirarle de la lengua para tratar de averiguar su identidad. Procedió científicamente. Grabó en un minúsculo magnetofón todas sus conversaciones, en realidad, sus largos monólogos, y se las hizo llegar a la Seguridad. Pero puso de relieve algo más. Por ejemplo, que usted recitaba poemas en muchos idiomas y, cuando le hizo varias preguntas en alemán y luego en ruso, usted le contestó sin ninguna dificultad en el idioma en que le preguntaba. Seguidamente, después de recibir los libros, confeccionó una lista de todas las gramáticas y diccionarios que usted consultaba. Prudente, se guardó toda esa información para sus jefes de Alemania. Es probable que al oír las cintas grabadas, alguien de muy arriba, de la Gestapo, decidiera secuestrarle a usted.

—Comprendo.

El profesor se detuvo frente a la ventana abierta y contempló largamente el parque.

—Evidentemente, se ha redoblado la vigilancia. Seguramente no se habrá dado cuenta, pero desde hace unos días muchas de las habitaciones contiguas están ocupadas por agentes. Y por las noches, puede imaginarse cómo se patrulla por la calle... Y a pesar de todo, pronto habrá que evacuarlo de aquí.

—Lástima. Me había acostumbrado y me gustaba.

—Nos han aconsejado que empecemos ya a camuflarlo. Por ahora, déjese crecer el bigote, lo más grueso y descuidado posible. Me han dicho que van a intentar cambiarle de apariencia. Me figuro que le teñirán el pelo y le cambiarán de peinado para que no tenga ningún parecido con las fotos que, con toda seguridad, le han tomado en estas últimas semanas. Me han asegurado que pueden echarle encima de diez a quince años más. Cuando abandone la clínica, tendrá el aspecto de un hombre de más de cuarenta años.

Se calló extenuado y se sentó en el sillón.

–Por suerte –agregó tras una pausa–, no se han repetido las crisis de parasonambulismo, o lo que haya sido. Al menos, eso me han dicho.

El día se anunciaba sofocante. Se quitó la blusa y se puso el pijama más fino que encontró en el armario. A continuación, se tumbó en la cama. «Desde luego, sabes muy bien que no ha sido sonambulismo», oyó decir a su pensamiento. «Te has comportado como debías, para crear las confusiones necesarias. Pero en adelante ya no tendremos necesidad de ellas.»

–Mi doble –musitó sonriendo–. Siempre responde a las preguntas que me dispongo a hacerle. Como un auténtico ángel de la guarda.

«Esta fórmula también es correcta y útil.»

–¿Es que hay otras más?

«Muchas. Algunas son anacrónicas o están anticuadas, sin embargo, otras son bastante actuales, especialmente allí donde la teología y la práctica cristiana han sabido conservar las tradiciones mitológicas inmemoriales.»

–¿Por ejemplo? –preguntó sonriendo de buen humor.

«Por ejemplo, además de los ángeles y ángeles custodios, las potestades, arcángeles, serafines y querubines. Seres intermediarios por excelencia.»

–Intermediarios entre el consciente y el inconsciente.

«Evidentemente. Pero también entre la naturaleza y el hombre, entre el hombre y la divinidad, la razón y el eros, lo femenino y lo masculino, la luz y las tinieblas, la materia y el espíritu…»

Se percató de que estaba riéndose y se incorporó. Miró atentamente a su alrededor unos instantes y murmuró pronunciando muy despacio las palabras:

–Así pues llegamos a mi vieja pasión, la filosofía. ¿Conseguiremos acaso demostrar alguna vez *lógicamente* la realidad del mundo exterior? La metafísica idealista sigue pareciéndome hoy la única construcción perfectamente coherente.

«Nos hemos desviado de nuestra conversación», volvió a oír a su pensamiento. «El problema no era la realidad del mundo exterior, sino la realidad objetiva del "doble" o del ángel de la guarda. Elige el término que te convenga. ¿No es cierto?»

–Muy cierto. No puedo creer en la realidad *objetiva* de la persona con la que estoy hablando. La considero mi "doble".

«En cierto sentido, así es. Pero eso no significa que no exista de modo objetivo, independiente de la conciencia cuya proyección parece ser.»

–Me gustaría convencerme, pero…

«Lo sé. En las controversias metafísicas las pruebas empíricas carecen de valor. ¿Pero no te gustaría recibir ahora mismo, dentro de un segundo o dos, un ramo de rosas recién cogidas del jardín?»

–¡Rosas! –exclamó con emoción y cierto temor–. Siempre me gustaron las rosas.

«¿Dónde quieres ponerlas? Desde luego, en un vaso no.»

–No, desde luego que no. Pero una rosa en la mano derecha, tal y como la tengo ahora, abierta, otra en las rodillas, y una tercera, bueno digamos…

En ese instante advirtió que tenía entre los dedos una hermosísima rosa de color sangre fresca, y en las rodillas, con equilibrio inestable, se movía otra.

«¿Y la tercera? ¿Dónde quieres colocar la tercera rosa?

–Las cosas son mucho más graves de lo que suponíamos –oyó la voz del profesor.

Parecía que la oía a través de una gruesa cortina o venida de muy lejos. Sin embargo, estaba delante de él, en el sillón, con la cartera sobre las rodillas.

–¿Mucho más graves de lo que suponíamos? –repitió abstraído.

El profesor se levantó, se acercó a él y le puso la mano en la frente.

–¿No se encuentra bien? ¿Acaso ha pasado una mala noche?

–No, no. Pero en el momento en que usted entraba por esa puerta me pareció… En fin…

–He de hablarle de algo urgente y muy importante. ¿Está ya espabilado? ¿Está en condiciones de oírme?

Se pasó lentamente la mano por la frente y, con un esfuerzo, consiguió sonreír.

–Siento incluso una gran curiosidad por oírle.

El profesor volvió a sentarse en el sillón.

–Decía que la situación era más grave de lo que suponíamos porque ahora sabemos con seguridad que la Gestapo va a tratar por todos los medios, repito, *por todos los medios*, de apoderarse de usted. En seguida comprenderá por qué. Entre los íntimos de Goebbels se encuentra un personaje enigmático y ambiguo, cierto doctor Rudolf, que hace años elaboró una teoría fantástica a primera vista, pero que contiene también algunos elementos científicos. A saber: afirma que la electrocución mediante una corriente de al menos un millón de voltios puede producir una mutación radical en la especie humana. No sólo que el individuo sometido a semejante descarga no muere, sino que se regenera por completo. Como en el caso de usted. Por suerte o por desgracia, esta hipótesis no puede verificarse de manera experimental. Rudolf reconoce que no puede precisar la densidad de la corriente eléctrica necesaria para la mutación. Sostiene que tiene que ser superior a un millón de voltios, que quizá tenga que llegar a los dos millones… Ahora comprenderá el interés que presenta su caso.

–Lo comprendo –asintió abstraído.

–Todas las informaciones que han tenido de usted, y han sido bastantes, confirman su hipótesis. Algunos del entorno de Goebbels están entusiasmados. Se han realizado gestiones por vía diplomática en nombre de la ciencia, de la humanidad, etc. Muchas universidades e instituciones científicas nos han invitado a dar una serie de conferencias, a usted, al doctor Gavrilă, a mí y a quien queramos llevar. En una palabra, quieren que les prestemos a usted durante una temporada. Y como no dábamos el brazo a torcer, a la Gestapo le han dado carta blanca.

Se calló, como si se hubiese quedado de repente sin aliento. Por vez primera le pareció cansado y envejecido.

—Tuvimos que cederles una copia de los informes que hicimos en las primeras semanas en el hospital. Es algo habitual y no podíamos negarnos. Por supuesto, no les hemos comunicado todo. En lo que respecta al material más reciente, entre otras cosas, las fotocopias de sus cuadernos de notas y copias de las cintas grabadas, se ha enviado todo a París. Ahora están estudiándolos el profesor Bernard y sus colaboradores, y más tarde se entregarán a uno de los laboratorios de la Fundación Rockefeller. Pero veo que no me escucha. Está cansado. Ya conocerá el resto la próxima vez.

El resto le parecía interminable. Unas veces le parecía sin interés y otras creía estar oyendo cosas que ya sabía aunque no podía precisar cuándo ni con qué motivo. Sobre todo, le hicieron gracia las investigaciones llevadas a cabo en relación con el rayo de la noche de Resurrección. ¿Cómo averiguaron que el chaparrón no había superado un perímetro determinado y que no había caído más que un rayo y de un modo totalmente insólito, tanto que a los fieles que estaban esperando en el pórtico de la iglesia les pareció una inmensa jabalina incandescente? En cualquier caso, además de los especialistas enviados por el doctor Rudolf, quienes hacían acopio de toda clase de información relativa a la forma e intensidad luminosa del rayo, vino también un famoso aficionado, autor de algunos estudios sobre la *etrusca disciplina*. En menos de una semana logró reconstituir el perímetro batido por la lluvia y actualmente interpretaba el simbolismo del espacio donde había caído el rayo.

—Pero esas investigaciones no tienen más que un valor anecdótico –le dijo el profesor–. Lo único grave es la decisión del doctor Rudolf de comenzar los experimentos de electrocución en cuanto complete el expediente entrevistándole a usted.

–¿Qué más podría yo decirles?

–Eso nadie lo sabe. Puede ser que la información suplementaria la obtengan por determinados experimentos de laboratorio produciendo, pongamos por caso, una serie de rayos artificiales y confíen en que usted reconozca, por la intensidad y la incandescencia, el rayo que le cayó. Puede que quieran saber de sus propios labios lo que sintió en aquel momento y por qué afirma que sintió como si lo hubiese aspirado un ciclón ardiente desencadenado sobre su misma cabeza. No lo sé. Se sospecha, sin embargo, que los experimentos de electrocución se harán con presos políticos. Y ese crimen hay que evitarlo cueste lo que cueste.

Se había dejado crecer unos mostachos gruesos y largos, tal y como le habían pedido.

–El cambio de rostro tendrá lugar más adelante –le dijo la tarde del 25 de septiembre con una emoción apenas contenida–. Chamberlain y Daladier están en Munich. De un día para otro puede ocurrir cualquier cosa. Los que se ocupan de usted han cambiado de planes. Lo van a evacuar por la noche, en secreto, pero de tal manera que los otros se enteren, es decir, que vean el coche en el que usted vaya. Luego, a veinte o veinticinco kilómetros…

–Me parece que adivino lo que sigue –lo interrumpió sonriendo–. A veinte o veinticinco kilómetros de Bucarest se producirá un accidente.

–Exacto. Incluso habrá varios testigos. La prensa hablará de un accidente, uno de tantos, en el que habrán perecido carbonizados tres hombres. Pero los diversos servicios de información averiguarán que las víctimas eran usted y los dos agentes que le acompañaban, en ruta hacia un destino desconocido. Se dará a entender que querían ponerlo a cubierto, en un lugar seguro. Y, por otra parte, así es como va a ocurrir. Yo no sé dónde lo van a ocultar. Pero allí le harán la transformación de la que le he hablado. Dentro de un mes, todo lo más, con un pasaporte en regla, lo llevarán a Ginebra, no sé cómo, no me lo han dicho. Bernard ha propuesto Ginebra. Cree que actualmente París no es el lugar más seguro. Pero irá a verle lo antes que pueda. Y yo también. Al menos, así lo espero.

3

Al profesor no pudo verlo más. Murió a finales de octubre. Temía que eso pudiese ocurrir desde el día en que al entrar en su habitación le dijo: «Las cosas son mucho más graves de lo que suponíamos». Entonces lo vio llevarse la mano al corazón y desplomarse con un quejido al que siguió un grito, abrir y cerrar de puertas y pasos presurosos alejándose por la escalera. Sólo recobró su estado de lucidez cuando se acercó a él y le preguntó: «¿No se encuentra bien? ¿Acaso ha pasado una mala noche?» Cuando el doctor Bernard le dijo: «Tengo que darle una noticia triste», estuvo a punto de responder: «Ya lo sé. El profesor ha muerto».

El doctor Bernard venía a verlo al menos una vez por mes. Pasaban casi todo el día juntos. A veces, después de oír algunas de sus respuestas, acercaba el magnetofón y le pedía que las repitiera. Afortunadamente, eran preguntas relacionadas con la memoria, con la modificación de la conducta (las relaciones frente a los hombres, animales o acontecimientos comparadas con su forma anterior de comportarse), con la readaptación de su personalidad a una situación paradójica («¿Cree que aún podría enamorarse, como cuando tenía la edad que ha recuperado ahora?»), preguntas a las que podía responder sin temor. Bernard le traía, en cada visita, una suma de dinero («del fondo que la Fundación Rockefeller ha puesto a su disposición», concretó). Y también él le había facilitado matricularse en la universidad y le había confiado la tarea de coordinar los materiales para una historia de la psicología médica.

Tras la ocupación de Francia permaneció mucho tiempo sin noticias, aunque, hasta diciembre de 1942, siguió recibiendo cada trimestre un cheque directamente de la Fundación Rockefeller. A principios de 1943 le llegó una carta del doctor Bernard expedida en Portugal. Le comunicaba que pronto le escribiría «una larga carta, pues hay muchas cosas que contar». Pero no recibió nada. Después de la liberación, se enteró por uno de sus asistentes de que el profesor Bernard había muerto en un accidente de aviación, en Marruecos, en febrero del 43.

Todos los días iba a la biblioteca y pedía un gran número de libros y colecciones de revistas antiguas. Lo hojeaba todo con atención, tomaba notas y redactaba fichas bibliográficas, pero todo ese trabajo no era sino un camuflaje. No bien leía las primeras líneas, *sabía* lo que seguía. Sin comprender el proceso de anamnesia (como se había acostumbrado a llamarlo), descubría que conocía cualquier texto que tuviera delante y cuyo contenido *deseara* saber. Algún tiempo después de empezar su trabajo en la biblioteca, tuvo un sueño largo y dramático del que sólo recordaba fragmentos porque, al haberse despertado varias veces, lo había interrumpido. Lo que más le impresionó fue el siguiente detalle: que tras la electrocución, su actividad mental anticipaba en cierto modo la condición que adquiriría el hombre dentro de varios miles de años. La característica principal de la nueva humanidad sería la estructura de la vida psicomental. Todo lo que antaño había pensado o realizado el hombre, expresado de forma oral o escrita, se recuperaba mediante determinado ejercicio de concentración. En realidad, la educación consistiría entonces en el aprendizaje de ese método bajo la supervisión de unos instructores capacitados.

«En pocas palabras, soy un *mutante*», pensó cuando se despertó. «Estoy anticipando la existencia del hombre posthistórico. Como en una novela de ciencia ficción», agregó de buen humor.

Esas irónicas reflexiones iban dirigidas en primer lugar a las «potencias» que se cuidaban de él. «En cierto sentido, es verdad. Pero, a diferencia de los personajes de las novelas de ciencia ficción, tú has conservado la libertad de aceptar o rechazar esta nueva condición. En el momento en que, por uno u otro motivo, desearas reintegrarte a la precedente, serías libre de hacerlo.»

Respiró hondo. «Así pues, ¡soy *libre*!», exclamó después de mirar a su alrededor. «¡Soy libre! Sin embargo…» Pero no se atrevió a continuar con su pensamiento.

Ya en 1939 decidió describir en un cuaderno especial sus últimas experiencias. Empezó comentando el siguiente hecho (que, según creía, podría confirmar «la humanidad del hombre posthistórico»): el conocimiento espontáneo y, en cierto sentido, automático no anula el interés por la investigación ni la alegría del descubrimiento. Escogió un ejemplo fácil de comprobar: el placer con que un amante de la poesía lee un poema que se sabe prácticamente de memoria. Podría recitarlo y, no obstante, a veces prefiere leerlo. Porque esa nueva lectura le da ocasión de descubrir bellezas y sentidos insospechados antes. De igual forma, esta inmensa ciencia que había recibido sin esfuerzo alguno, todas las lenguas y literaturas que había descubierto que poseía, no le habían menoscabado el placer que sentía de estudiarlas y analizarlas.

Repasadas años después, algunas frases le encantaban. *Sólo estudias bien y con gusto cuando es algo que conoces ya.* O bien: *No me comparéis con un disco. Al igual que yo, el disco, si está bien grabado, puede recitar la* Eneida *o la* Odisea, *pero yo lo hago* de forma distinta *cada vez*. Otra muestra: *Los placeres que puede ofrecer toda creación cultural (insisto, creación* cultural, *no sólo artística) son ilimitados*.

Recordaba siempre con emoción la misteriosa epifanía de las dos rosas. Pero, de cuando en cuando, le gustaba combatir su validez como argumento filosófico. Seguían entonces largos diálogos que le encantaban. Incluso se había hecho la promesa de escribirlos, sobre todo por lo que él entendía que tenían de valor literario. Sin embargo, la última vez, el diálogo duró poco e incluso acabó de manera abrupta. «En el fondo», dijo para sus adentros aquella noche de invierno del 44, «semejantes fenómenos parasicológicos pueden ser el efecto de unas fuerzas que no conocemos, pero a las que puede controlar el inconsciente.» «Es muy cierto», dijo su mente. «Toda acción se efectúa gracias a una fuerza más o menos conocida. Pero después de tantas experiencias, deberías revisar tus principios filosóficos. Tú ya sabes a lo que me refiero...» «Creo que sí.»

Durante los últimos años de la guerra, descubría a menudo que las reservas del banco estaban acabándose. Con curiosidad e impaciencia, esperaba la solución de la crisis. La primera vez recibió un giro postal de mil francos de una persona de la que jamás había oído hablar. Su carta de agradecimiento le fue devuelta con la indicación «desconocido en esa dirección». En otra ocasión se tropezó casualmente en el restaurante de la estación con una compañera. Al decirle ella que se marchaba a Montecarlo durante una semana, le rogó que fuera al Casino al tercer día, a las siete de la tarde («a las siete *en punto*», le insistió) y que, en la primera mesa del primer salón de ruleta, jugara cien francos a cierto número. Le pidió encarecidamente que guardase el secreto y volvió a hacerle idéntico ruego cuando la joven le trajo emocionada tres mil seiscientos francos.

El último suceso le apasionó sobremanera (precisamente ese acontecimiento fue lo primero que le vino a la mente cuando oyó «Tú ya sabes a lo que me refiero...»). Todos los días al volver de la biblioteca pasaba por delante de una filatelia con tres escaparates. Esta vez, sin saber por qué, se paró y se puso a mirar al azar. El coleccionismo filatélico no le había interesado jamás, y se preguntaba por qué no podía despegarse de uno de los escaparates, en apariencia el menos atrayente. Cuando sus ojos se posaron sobre un álbum viejo y de pobre aspecto, comprendió que tenía que comprarlo. Costaba cinco francos. Al llegar a casa comenzó a hojearlo con atención y curiosidad, aunque no sabía lo que buscaba. Sin duda había pertenecido a un coleccionista principiante, quizá a un estudiante de bachillerato. Hasta un no entendido como él se había percatado de que los sellos eran recientes y de poco valor. De repente se decidió. Cogió una cuchilla de afeitar y se puso a cortar las tapas de cartón. Con gran cuidado sacó del interior varios sobres de celofán llenos de sellos antiguos. Era fácil suponer lo que había pasado. Alguien, perseguido por el régimen, había conseguido con éxito sacar así de Alemania una gran cantidad de sellos raros.

Volvió al día siguiente y preguntó al dueño del establecimiento si recordaba quién le había vendido el álbum. No lo sabía. Lo había comprado con un lote de álbumes viejos en una subasta unos años antes. Cuando le enseñó los sellos que había sacado del interior de las tapas, el comerciante se quedó blanco como la cera.

—Estas rarezas hace muchísimo que no se ven ni en Suiza ni en ningún otro sitio –dijo–. Si vendiera estos sellos ahora le darían por lo menos cien mil francos. Pero si espera a que haya una subasta internacional podría sacar incluso doscientos mil.

—Teniendo en cuenta que se los he comprado a usted por nada, creo que lo correcto es que vayamos al cincuenta por ciento. Pero ahora necesito unos miles de francos. El resto, según los vaya usted vendiendo, me los ingresa en el banco.

«¡Cómo le habría apasionado a Leibnitz una cosa como ésta! Sentirse uno obligado a revisar sus principios filosóficos porque, misteriosamente…!»

Ya en 1942 comprendió que la versión del accidente no se la creían ni la Gestapo ni otros servicios de información que, por motivos diferentes, estaban interesados en su caso. Lo más probable era que se hubiesen cometido algunas indiscreciones en Bucarest, corroboradas posteriormente por detalles obtenidos en París, entre los ayudantes de Bernard. Pero si sabían que vivía en

Ginebra, nadie conocía ni su aspecto ni su identidad. Ante su sorpresa, una tarde descubrió al salir de un café que lo seguían. Consiguió zafarse y pasó una semana en una aldea de los alrededores de Lucerna. Poco después de regresar, el incidente volvió a repetirse. Dos hombres de mediana edad, vestidos con trincheras, lo esperaban a la puerta de la biblioteca. Uno de los bibliotecarios bajaba en ese momento y él le pidió que le permitiera acompañarlo. Al rato, cuando el bibliotecario también corroboró que los seguían, subieron a un taxi. El bibliotecario tenía un cuñado empleado en el Servicio de Extranjería. Por él se enteró más tarde de que lo habían tomado por un agente secreto y le dieron un número de teléfono al que podría llamar en caso necesario. Le divertía el hecho de que, aunque lo buscaran la Gestapo y otros servicios secretos, los riesgos inmediatos procedían de haberlo confundido con un vulgar informador o con un agente secreto.

Desde el primer año, por consejo del doctor Bernard, guardaba los cuadernos de anotaciones personales en la caja de seguridad de un banco. Luego renunció a ellos. Escribía en un bloc que siempre llevaba consigo. Determinadas páginas que contenían testimonios muy íntimos las guardaba en la caja en cuanto las escribía.

La tarde misma en que se refugió cerca de Lucerna, se decidió a completar las notas autobiográficas.

No soy ni clairvoyant ni ocultista, ni tampoco formo parte de ninguna sociedad secreta. Uno de los documentos que hay en la caja de seguridad resume la vida que empecé en la primavera de 1938. Las primeras experiencias se describen y analizan en los informes de los profesores Roman Stănciulescu y Gilbert Bernard que éste último remitió a un laboratorio de la Fundación Rockefeller. Pero sólo atañen a los aspectos exteriores del proceso de mutación desencadenado en abril del 38. No obstante, los menciono porque dan validez desde una perspectiva científica a las informaciones que contienen los otros documentos depositados en la caja de seguridad.

No dudo de que el posible investigador, cuando comience a estudiar los documentos citados, se hará la misma pregunta que me he hecho yo innumerables veces en los últimos años: «¿Por qué yo? ¿Por qué esta mutación me ha sucedido precisamente a mí?» Por la escueta autobiografía que se encuentra en la carpeta A, se verá claramente que, aun antes de haber estado amenazado con una amnesia total, nunca conseguí hacer nada del otro mundo. Desde mi mocedad me apasionaron muchas ciencias y muchas disciplinas, pero salvo inmensas lecturas, no he realizado nada. Entonces, ¿por qué yo? No lo sé. Tal vez porque no tengo familia. Desde luego, existen otros muchos intelectuales sin familia. Tal vez yo fuera el elegido por haber aspirado desde mi juventud a poseer la ciencia universal y, entonces, en ese momento, cuando estaba a punto de perder totalmente la memoria, se me ha otorgado esa ciencia universal a la que sólo dentro de miles y miles de años podrá acceder el hombre.

He escrito estas notas porque, si contra todas las previsiones, desapareciera ahora, quiero que se sepa que no tengo ningún mérito ni ninguna responsabilidad en el proceso de mutación que he descrito lo más detalladamente que he podido en los cuadernos agrupados en la carpeta A.

Al día siguiente continuó:

Por los motivos expuestos en la carpeta B, me trajeron «camuflado» a Suiza en octubre de 1938. El que hasta hoy, 20 de enero de 1943, aún no haya sido identificado (ni consiguientemente capturado), podría parecer incomprensible. El posible lector se preguntará cómo he podido pasar inadvertido tantos años siendo como era un caso excepcional: era un mutante, disponía de medios de conocimiento todavía inaccesibles al hombre. Esa pregunta me la hacía yo también por los años 38 y 39. Pero en seguida comprendí que no corría el riesgo de descubrirme (y, por lo tanto, de que me identificaran) por el simple motivo de que, ante los demás, me comportaba como un intelectual cualquiera. Como decía, en el 38 y 39 tenía miedo de delatarme cuando hablaba con los profesores y compañeros de la Universidad. Sabía más que cualquiera de ellos y entendía cosas de cuya existen-

cia ni siquiera sospechaba. Pero ante mi gran sorpresa, comprobé con alivio que en presencia de los demás no podía mostrarme como en realidad era. A semejanza de un adulto que, cuando habla con un niño, sabe que no puede transmitir (y, por ello, tampoco lo intenta) más que hechos y significados accesibles a la capacidad mental del niño. Esa continua ocultación de las inmensas posibilidades que había a mi alcance me obligaba a llevar una vida "doble". En presencia de los niños, ni los padres ni los maestros viven una vida "doble".

En cierto modo, mi experiencia tiene un valor ejemplar. Si alguien me dijera que entre nosotros hay santos o auténticos magos o bodhisatva o cualquier clase de personas dotadas de poderes milagrosos, lo creería. Por su propio modo de existir, esos hombres no pueden ser reconocidos por los profanos.

La mañana del 1 de noviembre de 1947 decidió no escribir ya más sus anotaciones en francés, sino en un idioma artificial creado por él con pasión y entusiasmo en los últimos meses. Lo que más le encantaba era la extraordinaria sencillez de la gramática y las infinitas posibilidades del vocabulario (había conseguido introducir en el sistema de la proliferación puramente etimológica un correctivo tomado de la teoría de los conjuntos). Ahora podía describir situaciones paradójicas, aparentemente contradictorias, imposible de expresar en las lenguas existentes. Tal y como estaba construido, este sistema lingüístico no podía ser descifrado sino por un cerebro electrónico de técnica muy perfeccionada; calculaba que no sería posible antes de 1980. Esa certidumbre le permitía revelar cosas que no se había atrevido a poner por escrito hasta entonces.

Como de costumbre, tras una mañana consagrada al trabajo, fue a dar un paseo por la ribera del lago. Al regreso se detuvo en el café Albert. Nada más verlo, el camarero pidió que le trajeran un café y una botella de agua mineral. Le llevó los periódicos pero no tuvo tiempo de echarles una hojeada. Un hombre alto y distinguido («parece sacado de un cuadro de Whistler», pensó), bastante joven todavía, aunque el corte anticuado del traje le añadían cinco o seis años más, se detuvo frente a él y le pidió permiso para sentarse en su mesa.

–Es curioso que nos encontremos precisamente hoy, un día tan importante para usted. Yo soy el conde de Saint-Germain. Al menos, así me llaman –dijo con una amarga sonrisa–. ¿Pero no resulta curioso este encuentro, a los pocos días del descubrimiento de los manuscritos esenios del Mar Muerto? Seguro que usted también se habrá enterado.

–Sólo lo que han dicho los periódicos.

Lo miró largamente y sonrió. Después alzó la mano.

–Doble y sin azúcar. Toda esta clase de encuentros –dijo después de que el camarero le hubo traído el café– entre personas increíbles como nosotros tienen un aire de plagio. Consecuencia de la literatura barata, pseudoocultista. Pero hay que resignarse. Es imposible hacer nada contra el folclore de mediocre calidad. Las leyendas que encantan a algunos de nuestros contemporáneos son de un gusto detestable… Recuerdo una conversación con Mathila Ghyka en Londres, en el verano del 40, poco después de la caída de Francia. Ese admirable erudito, escritor y filósofo (dicho sea entre paréntesis, lo admiro no sólo por *Le nombre d'or*, como todo el mundo, sino también por su novela de juventud *La pluie d'étoiles*), ese inigualable Mathila Ghyka me decía que la Segunda Guerra Mundial, que acababa de empezar, era realmente una guerra oculta entre dos sociedades secretas, a saber: los Templarios y los Caballeros Teutones. Si un hombre de la inteligencia y cultura de Mathila Ghyka podía pensar así, no es de extrañar que las tradiciones ocultistas estén desacreditadas. Pero veo que no dice nada…

–Estaba escuchándole. Me interesa…

–Tampoco es necesario que hable mucho. Sólo quería pedirle, por último, que me conteste a una pregunta. No voy a decir que sé quién es usted, pero somos unos cuantos los que, desde 1939, sabemos que usted existe. El hecho de que haya aparecido de pronto e independientemente de las tradiciones que conocemos, nos impulsa a creer, por un lado, que usted tiene una misión especial y, por otro, que dispone de medios de conocimiento muy superiores a los que están a nuestro alcance... No hace falta que confirme usted todo lo que le estoy diciendo. He venido a conocerle hoy porque el descubrimiento de los manuscritos del Mar Muerto es el primer signo de un síndrome bien conocido. Rápidamente seguirán otros descubrimientos y en el mismo sentido.

–¿Qué quiere decir? –le preguntó sonriendo.

De nuevo le dirigió una larga y escrutadora mirada.

–Ya veo que me está poniendo a prueba. Quizá tenga razón. Pero la significación de los descubrimientos está clara. Los manuscritos de Qumran revelan las doctrinas de los esenios, una comunidad secreta de la que no se sabía nada en concreto. De igual forma, los manuscritos gnósticos descubiertos hace poco en Egipto, y que todavía están por estudiarse, revelarán ciertas doctrinas esotéricas ignoradas durante casi dieciocho siglos. Pronto seguirán descubrimientos similares que sacarán a la luz otras tradiciones que han permanecido secretas hasta nuestros días. El síndrome al que me refería es el siguiente: la revelación en serie de las doctrinas secretas. Lo que significa la proximidad del apocalipsis. El ciclo concluye. Eso se sabía ya hace mucho tiempo, pero después de lo de Hiroshima también sabemos de qué forma va a concluir.

–Eso es muy cierto –murmuró abstraído.

–La pregunta que yo quería hacerle es ésta: con los conocimientos que se le han transmitido, ¿sabe algo en concreto acerca del modo en que se organizará el Arca?

–¿El Arca? –preguntó sorprendido–. ¿Piensa en una réplica del arca de Noé?

El otro lo miró nuevamente. Era una mirada larga, curiosa y a la vez irritada.

–Era sólo una metáfora –dijo momentos después–. Una metáfora que se ha convertido en un cliché. La encontrará en todos esos librachos que se dicen ocultistas... Me refería a la transmisión de la tradición. Sé que lo esencial no se pierde nunca. Pero pensaba en lo demás, en muchas cosas que aunque no representan lo esencial me parecen, no obstante, indispensables para una existencia auténticamente humana. Por ejemplo, el tesoro artístico occidental, en primer lugar la música y la poesía, pero también una parte de la filosofía clásica y determinadas ciencias.

–Supongo que se imagina lo que pensarán de las ciencias el puñado de supervivientes del cataclismo. Lo más probable es que el hombre posthistórico, parece ser que así lo llaman, sienta alergia por la ciencia al menos cien o doscientos años.

–Sí, es muy probable. Pero estaba pensando en las matemáticas… En fin, más o menos, eso era lo que quería preguntarle.

–En la medida en que he entendido su pregunta, puedo decirle únicamente que…

–¡Gracias, está comprendido! –exclamó sin poder disimular su alegría.

Hizo una profunda inclinación, le estrechó la mano con emoción y se dirigió a la puerta a grandes zancadas, como si estuviesen esperándolo en la calle.

–Le hice señas varias veces –dijo el dueño del café en voz baja–, pero usted no me vio. Antiguamente era cliente nuestro; todo el mundo lo conoce. Es *Monsieur* Olivier, pero algunos le llaman doctor, doctor Olivier Brisson. Durante algún tiempo fue maestro, pero un buen día, de la noche a la mañana, abandonó la escuela y la ciudad. No creo que esté en sus cabales. Pega la hebra con todo el mundo y se presenta como conde de Saint-Germain.

Se acordó de ese encuentro cuando observó que, extrañamente, la escena volvía a repetirse. Aquel año había trabado amistad con Linda Gray, una joven californiana que, entre otras cosas, tenía para él la gran cualidad de no ser celosa. Una tarde, de improviso, cuando todavía no se había llenado la segunda taza de café, le dijo:

–Me he enterado de que eras buen amigo de un famoso doctor francés.

–Murió. Murió en un accidente de aviación, en el invierno del 43.

La joven encendió un cigarrillo y tras dar la primera bocanada prosiguió sin mirarlo.

–Algunos creen que no fue ningún accidente. Que el avión fue derribado porque… En fin, no lo entendí bien, pero pronto lo sabrás por él mismo. Le he dicho que venga a las nueve –dijo mirando el reloj.

–¿Quién va a venir a las nueve?

–El doctor Monroe. Es director, o algo importante, del Laboratorio de Gerontología de Nueva York.

Lo reconoció inmediatamente. Lo había visto muchas veces en la biblioteca y, unos días antes, en el café. Pidió permiso para sentarse en su mesa y, en cuanto se hubo sentado, le preguntó si conocía al doctor Bernard.

–Lo conocí muy bien. Pero me he prometido no hablar nunca de la historia y el significado de nuestra amistad.

–Perdóneme si he tenido que recurrir a esta estratagema –dijo tendiéndole la mano–. Soy el doctor Yves Monroe y he investigado el material del profesor Bernard en Nueva York. A mí, como biólogo y gerontólogo, me interesa una cosa en especial: impedir la proliferación de unos mitos nuevos y peligrosos; por ejemplo, la creencia de que la juventud y la vida se pueden prolongar *por medios diferentes* de los que utilizamos hoy, medios puramente bioquímicos. ¿Sabe a lo que me refiero?

–No.

–Me refiero en primer lugar al método propuesto por el doctor Rudolf, a la electrocución mediante descargas de un millón o millón y medio de voltios. ¡Eso es un disparate!

–Por fortuna, no creo que ese método se haya aplicado nunca.

El doctor cogió el vaso de whisky y se puso a girarlo con aire abstraído entre los dedos.

–No, no lo ha sido –dijo momentos después mirando fijamente los cubitos de hielo–. Pero se ha extendido la leyenda de que el doctor Bernard conoció un caso más o menos análogo, un caso de rejuvenecimiento provocado por la descarga eléctrica de un rayo. Pero los materiales depositados en los laboratorios de la Fundación Rockefeller son tan inconcretos y confusos que no se puede sacar ninguna conclusión. Por otra parte, según me han dicho, parte de los fonogramas se han perdido; o, para ser más exacto, se destruyeron por error al tratar de volverlos a grabar con aparatos más perfeccionados. En todo caso, en la medida en que pueden utilizarse, los documentos grabados por el profesor Bernard se refieren exclusivamente a las fases de recuperación y reintegración psicomental del paciente que sufrió la descarga del rayo.

Se calló y, sin habérselo acercado a los labios, colocó el vaso sobre la mesa. Luego prosiguió.

–Me he permitido forzar este encuentro con la esperanza de que usted pudiese aportar alguna claridad en un problema bastante oscuro. Me ha dicho que conoció bien al profesor Bernard. Hace poco se propaló el rumor de que los documentos más importantes los llevaba consigo en dos maletas, y que el avión en el que tenía que atravesar el Atlántico fue derribado precisamente por esas dos maletas. No se sabe muy bien lo que contenían, pero uno de los servicios rivales quiso asegurarse, ¿cómo diría yo?, evitar cualquier riesgo. ¿Sabe usted algo en concreto en relación con esas maletas?

Se encogió de hombros, molesto.

–Me parece que sólo los ayudantes del doctor Bernard, de París, podrían aclararle algo.

El doctor forzó una sonrisa sin poder ocultar su decepción.

–Los que se acuerdan dicen que no saben nada. Y los otros, fingen haberlo olvidado. También he leído los artículos del profesor Roman Stănciulescu publicados en *La presse médicale*. Lamentablemente, el profesor Stănciulescu murió en otoño de

1939. Un colega mío, con ocasión de un viaje oficial a Bucarest, me ha escrito hace poco diciéndome que todos los intentos de averiguar algo más por los ayudantes de Stănciulescu no han dado ningún resultado.

Tomó de nuevo el vaso de whisky y, tras girarlo varias veces entre los dedos, se lo llevó a los labios y comenzó a dar pequeños sorbos.

–Gracias a la intervención del doctor Bernard, usted disfrutó durante tres o cuatro años de una beca Rockefeller. ¿Sobre qué investigaba?

–Recopilaba material para una historia de la psicología médica. Las mandé en 1945 a los colaboradores del profesor Bernard, a París.

–Muy interesante –dijo apartando los ojos del vaso y mirándolo de hito en hito.

Aquella noche volvió a casa melancólico y un tanto preocupado. No sabía con seguridad si Monroe había adivinado su identidad. Además, tampoco tenía claro por quién lo tomaba. ¿Por un amigo personal de Bernard? ¿Por un paciente? Pero si había oído las grabaciones hechas en Ginebra los años 38 y 39, habría tenido que reconocerle la voz. Al día siguiente lo tranquilizó la pregunta de Linda.

–¿A qué se refería el doctor anoche, cuando me llevó aparte y me dijo que si alguna vez me decías que tenías más de setenta años no te creyera?

Unas semanas más tarde, al pasar por delante de un café recientemente abierto, oyó que alguien le gritaba en rumano:

–¡Señor Matei! ¡Don Dominic Matei!

Asustado, volvió la cabeza. Un joven alto y rubio, sin sombrero, corría hacia él al tiempo que trataba de abrir una cartera.

–He aprendido un poco de rumano –dijo chapurreando el francés–, pero no consigo hablarlo. Sabía que estaba usted aquí, en Ginebra, y con tantas fotografías a mi disposición, no me ha sido difícil reconocerle.

Hurgó nervioso en la carpeta y le mostró unas fotografías de frente y de perfil, desde ángulos diferentes. Se las habían tomado en el otoño del 38. Su autor había sido el propio cirujano que logró modificar de forma tan radical los rasgos de su rostro.

—También llevo en la cartera, por lo que pueda pasar, el álbum familiar. Entremos un momento en este café —dijo abriendo la puerta—. No puede imaginarse la emoción que he sentido hace un momento al verle. Temía que al oírme gritar «¡Señor Matei!» no volviera la cabeza.

—Eso estuve a punto de hacer —contestó sonriendo—. Pero reconozco que me picó la curiosidad.

Se sentaron en una mesa y, después de pedir una limonada caliente y una cerveza, el desconocido se le quedó mirando fascinado e incrédulo a la vez.

—Hace unas semanas, el 8 de enero, cumplió usted ¡ochenta años! Y no aparenta más de treinta y dos… Y todo eso porque está tratando de ocultar su edad.

—Todavía no sé con quién tengo el gusto de hablar.

—Le pido disculpas —dijo tras dar un trago de cerveza—. Aún estoy muy emocionado. Como dicen los apostadores en las carreras, lo aposté todo a un caballo y he ganado. Soy Ted Jones, hijo, corresponsal del *Times Magazine*. Todo empezó hará unos diez años, cuando leí la entrevista que le hicieron, «*Being struck by the thunder*». Me quedé enormemente impresionado, aun después de saber que era apócrifa. Pero después llegó la guerra y muy poca gente volvió a acordarse de la entrevista.

Apuró el vaso de cerveza y le preguntó si podía continuar en inglés y si le molestaba el tabaco de pipa.

—Hace dos años, cuando se descubrió el célebre archivo secreto del doctor Rudolf, volvió a hablarse de su caso, por supuesto, en la medida en que era conocido por los materiales recopilados por Gilbert Bernard. Pero no se sabía nada más, ni siquiera se sabía si aún vivía o no. Por desgracia, el doctor Rudolf fue un nazi notorio (dicho sea de paso, se suicidó la última semana de la guerra) y todo lo que se relacionaba con sus experimentos cayó bajo sospecha.

–¿Qué clase de experimentos?

–La electrocución de animales, especialmente de mamíferos, aplicándoles corrientes de un millón a dos millones de voltios.

–¿Y con qué resultados?

Esbozó una sonrisa y volvió a llenarse el vaso de cerveza.

–Es una larga historia.

Realmente le pareció larga, oscura y no concluyente. Los que primero investigaron el archivo de Rudolf al parecer afirmaron que, en ciertos casos, las víctimas no murieron por la descarga eléctrica, pero como los experimentos terminaron pocos meses más tarde, no pudieron seguirse las consecuencias de la electrocución. En otros casos, parece ser que se constató una modificación del sistema genético. Algunos investigadores debieron de interpretar esas modificaciones como síntomas de una mutación. Pero, sin que se sepa exactamente en qué circunstancias, una apreciable cantidad de piezas del archivo, y entre ellas las más valiosas, desaparecieron. Sea como fuere, a falta de toda indicación relativa a experimentos con seres humanos, el expediente Rudolf no era concluyente. Por otro lado, la inmensa mayoría de los hombres de ciencia norteamericanos rechazaban a priori la hipótesis de la regeneración por electrocución.

–¡El único argumento era, y lo sigue siendo todavía, usted! Así pues, era de esperar que los pocos materiales salvados por el profesor Bernard acabaran siendo desacreditados y, en ciertos casos, destruidos.

–¿Cree de verdad que ha ocurrido así?

Se le quedó mirando con un sonrisa y vaciló unos instantes.

–Tengo razones poderosas para no ponerlo en duda. Por suerte, me enviaron de corresponsal a Rumania.

Antes de partir para Bucarest comenzó a estudiar el rumano, lo preciso para poder leer y desenvolverse solo por la calle y las tiendas. Tuvo la fortuna de conocer al doctor Gavrilă y hacerse amigo de él rápidamente. El doctor tenía el álbum de fotografías familiares y toda la documentación reunida por el profesor Stănciulescu.

–¡Menudo artículo hubiese publicado! *¡El hombre rejuvenecido por el rayo!* Con fotografías, documentos, declaraciones del profesor Roman Stănciulescu y de los otros médicos que le atendieron a usted, con una entrevista que le hubiese hecho ahora y más fotografías tomadas aquí, en Ginebra, en febrero de 1948...

Se interrumpió para encender la pipa; seguidamente renunció y lo miró profundamente a los ojos.

–Aunque su inglés es perfecto, veo que no dice nada.

–Estaba esperando la continuación.

–No se engaña. La continuación es tan espectacular y misteriosa como lo ha sido la experiencia de usted. Por motivos de orden ético y político, el artículo no puede publicarse. Todo lo que pueda dar origen a confusiones, es decir, todo lo que parezca confirmar, de un modo u otro, la teoría del doctor Rudolf, no puede ponerse en letras de molde. Sobre todo ahora, en que se habla de conceder fuertes ayudas a la investigación gerontológica. ¿No dice nada?

Se encogió de hombros.

–Creo que está pasando lo que tenía que pasar. Lo lamento por su trabajo y por el tiempo que ha perdido, pero las consecuencias del artículo habrían sido desastrosas. Si los hombres, o para ser más exacto, *ciertos* hombres supieran que la electrocución puede resolver el problema de la regeneración y del rejuvenecimiento, podríamos esperar cualquier cosa. Creo que es preferible dejar a los bioquímicos y a los gerontólogos que sigan con sus investigaciones. Un día, más o menos cercano, llegaremos al mismo resultado.

–En todo caso, se trata también de usted. Cuando planeaba el artículo, no pensaba en lo que cambiaría su vida después de que apareciera.

–En cierto sentido, ya ha empezado. ¿Cómo es que me ha des-

74

cubierto tan fácilmente? Yo me imaginaba que el doctor Gavrilă y los otros de Rumania me creían muerto hace tiempo, muerto en un accidente de coche.

—Eso creen la mayor parte de ellos. Y también lo creía el doctor Gavrilă hasta que yo le informé con el mayor secreto que usted estaba vivo y residía en Ginebra. No vaya a imaginarse que yo lo he sabido por alguien. Lo descubrí yo solo, cuando me enteré de que el doctor Monroe iba a venir a Ginebra para tratar diversos pormenores con un amigo del profesor Bernard. Inmediatamente adiviné que ese amigo no podía ser nadie más que usted. Por supuesto, Monroe y los demás integrantes del Laboratorio de Gerontología no creen, *no pueden creer* semejante cosa.

—Me da una buena noticia.

—La verdad acabará sabiéndose —prosiguió Jones sin tratar de esconder su satisfacción—. La historia es demasiado bonita para quedar sepultada en el silencio. Voy a escribir una novela —añadió y comenzó a limpiar la pipa—. En realidad, ya la he empezado. Para usted no representará ningún riesgo. La acción transcurre en México, antes y durante la guerra, y la mayoría de los personajes son mexicanos. Desde luego, le enviaré un ejemplar si, cuando se publique, sigue siendo tan amigo de Linda. Conocí muy bien a su hermano, el piloto, que murió en Okinawa.

Se calló de pronto, como si hubiese recordado algo importante y abrió la cartera.

—No quiero que se me olvide el álbum familiar. Le prometí al doctor Gavrilă que si conseguía encontrarle a usted se lo entregaría. Hay documentos muy valiosos, recuerdos de…, ¿cómo diría?, recuerdos de su primera juventud.

Al llegar a su casa, envolvió el álbum en papel azul y lo metió en un sobre lacrado. En la parte superior izquierda escribió: *Recibido el día 20 de febrero de 1948 de manos de Ted Jones, hijo, corresponsal del* Times Magazine *en Bucarest. Me lo trajo de parte del doctor Gavrilă.*

«Las cosas se simplifican y se complican a la vez», dijo para sus adentros al abrir el bloc de notas. Comenzó a escribir en francés, contando el encuentro y resumiendo la conversación con Jones. Luego añadió: *Confirma las informaciones del doctor Monroe: destrucción sistemática de los documentos de los años 38 y 39. Las únicas indicaciones relacionadas con el proceso de renovación fisiológica y de anamnesia. Las únicas pruebas científicas de regeneración y de rejuvenecimiento por una descarga eléctrica en masa. Eso significa que el origen del fenómeno de mutación ya no interesa. ¿Por qué?*

Interrumpió la escritura y se quedó pensativo unos momentos. *Es evidente que por el esbozo autobiográfico y las otras notas contenidas en las carpetas A, B y C, el posible lector podrá saber lo esencial. Pero sin el material recopilado y anotado por los profesores Stănciulescu y Bernard, mis testimonios habrán perdido su valor documental. Es más, la casi totalidad de mis notas se refieren a las consecuencias de la anamnesia en una palabra, a las experiencias de un mutante que anticipa la existencia del hombre posthistórico. La documentación de Stănciulescu y Bernard no contenía información alguna en relación con dichas experiencias pero, en cierta medida, les otorgaba credibilidad. Solamente puedo sacar una conclusión: que mis testimonios no se dirigen a un posible lector de un futuro cercano, digamos que del año 2000. ¿A quién, entonces?*

Una respuesta provisional podría ser la siguiente: Tras las guerras nucleares que estallarán, muchas civilizaciones, incluyendo la occidental, serán destruidas. Sin duda, esas catástrofes desencadenarán una ola de pesimismo desconocida hasta entonces en la historia de la humanidad, una desmoralización general. Aunque no todos los supervivientes cedan a la tentación de suicidarse, muy pocos tendrán la suficiente vitalidad para tener fe en el hombre y en las posibilidades de una humanidad superior a la especie del Homo sapiens. Descubiertos y descifrados entonces, estos testimonios podrían hacer de contrapeso a la desesperanza y a la voluntad universal de extinción. Por el simple hecho de que ponen de manifiesto las posibilidades mentales de una humanidad que nacerá en un futuro lejano, estos documentos demuestran, porque la anticipan, la realidad del hombre posthistórico.

Esta hipótesis supone la conservación de todo el material que hoy se encuentra depositado en una caja de seguridad. No sé de qué forma podrá asegurarse esa conservación. Pero, por otro lado, no me cabe la menor duda de que así ocurrirá. De otra suerte, mi experiencia carecería de sentido.

Introdujo las páginas escritas en un sobre, lo lacró y salió hacia el banco. Al cerrar la puerta oyó el timbre del teléfono y siguió oyéndolo mientras bajaba las escaleras.

4

El verano del año 1955 fue anormalmente lluvioso y en el Ticino todos los días había tormenta. Sin embargo, no recordaba haber visto un cielo más negro que el de la tarde del 10 de agosto. Cuando aparecieron los primeros relámpagos sobre la ciudad, la central eléctrica cortó la corriente. Durante casi media hora los truenos se sucedieron uno tras otro como si se hubiese tratado de una interminable explosión. Desde la ventana veía los rayos cayendo hacia el poniente, sobre las rocosas colinas que se extendían, abruptas, hacia la cordillera. La lluvia torrencial cedió poco a poco en intensidad y, hacia las tres, el cielo comenzó a perder el color de betún. Pronto se encendieron las farolas y, desde la ventana, podía ahora ver la calle hasta la catedral. Esperó a que escampara, bajó y se dirigió a la comisaría de policía.

–Poco antes de mediodía –dijo en tono indiferente, puramente informativo–, dos señoras salieron para subir al Trento. Me preguntaron si conocía un camino que evitara el zigzag. Les indiqué la dirección pero les aconsejé aplazar la excursión porque corrían el riesgo de que les sorprendiera la tormenta antes de llegar al refugio de Helival. Me contestaron que estaban acostumbradas a las tormentas de montaña y que, en todo caso, no podían echarse atrás. Dentro de unos días se les terminaban las vacaciones y tenían que regresar.

El policía lo escuchaba muy solícito pero sin gran interés.

–Yo no las conozco –continuó–. Sin embargo, oí a la señora de más edad dirigiéndose a la joven y la llamaba Veronica. Me parece adivinar lo que ha sucedido. Cuando se desencadenó la tormenta debieron de encontrarse en la carretera por debajo de la pared rocosa de la montaña, en Vallino, donde cayeron gran cantidad de rayos. Yo estaba en la ventana y lo vi –añadió al darse cuenta de que el otro lo miraba con curiosidad y casi con incredulidad–. Imagino que habrá habido muchos desprendimientos. Temo que les hayan alcanzado o que estén sepultadas bajo las rocas.

Sabía que no iba a ser fácil convencerlo.

–Yo saldría solo en un taxi a buscarlas pero, si ha sucedido lo que sospecho, nosotros dos, el taxista y yo, no podremos sacarlas de debajo de las rocas. Nos harían falta picos y palas.

Finalmente, tuvo que aceptar esa solución. En caso de necesidad, telefonearía al primer puesto de socorro y la policía enviaría ambulancias y todo lo que fuera menester. Cuando se acercaban a Vallino el cielo ya estaba despejado, pero a trechos las piedras invadían la carretera y el chófer aminoró la velocidad.

–No creo que hayan tenido tiempo de llegar al refugio. Seguramente cuando empezó la tormenta se refugiarían en alguna hendidura de la pared.

–Algunas son tan grandes como la entrada de una cueva –dijo el taxista.

Los dos la vieron al mismo tiempo. Debió de haber muerto de miedo cuando el rayo cayó a unos pasos de ella. Era una mujer de edad, de pelo blanco y corto. No presentaba apariencias de que hubiera muerto por la avalancha, aunque junto a ella había una gran piedra que le pillaba una punta de la falda. Creyó oír un gemido y se puso a inspeccionar atentamente la pared y las rocas que había alrededor.

–¡Veronica! –gritó repetidamente, avanzando despacio a lo largo de la pared.

Oyeron ambos un gemido, luego unos gritos cortos, seguidos

de palabras desconocidas, pronunciadas muy de prisa, como si fuera un encantamiento. Al llegar a la roca, lo comprendió. Al caer, la roca se había detenido justo frente a la oquedad donde se había refugiado Veronica, y la había tapado casi por completo. Si no la hubiesen oído gemir y gritar, no hubiesen sospechado que pudiera estar sepultada allí. La hendidura sólo se apreciaba desde una altura de más de dos metros. Trepó a duras penas, la vio y gritó su nombre haciéndole señas con la mano. La joven lo miraba aterrada y feliz a un tiempo, y luego trató de ponerse de pie. No estaba herida, pero el lugar era demasiado estrecho y sólo podía levantarse doblando la espalda.

–En seguida llegará la policía –le dijo en francés.

Como la joven parecía no haberlo entendido, se lo repitió en italiano y en alemán. Veronica se pasó varias veces la mano por el rostro y se puso a hablar. Al principio, advirtió que le hablaba en un dialecto de la India central y después distinguió frases enteras en sánscrito. Inclinándose mucho hacia ella le dijo:

–*Shanti! Shanti!*

Seguidamente recitó unas fórmulas canónicas de bendición. La muchacha sonrió feliz y levantó la mano hacia él, como queriéndole señalar algo.

Permaneció allí, pegado a la roca, oyéndola, tratando de vez en cuando de tranquilizarla y de darle ánimos con algunas frases familiares en sánscrito hasta que llegaron la ambulancia y un vehículo de la policía. Consiguieron mover la roca excavando una pendiente debajo la cara de la roca que daba a la carretera. Una hora después, la muchacha lograba salir con ayuda de una cuerda. Al ver a los policías y el vehículo, se puso a gritar asustada, agarró de la mano a Matei y se apretó contra él.

–Ha sufrido una gran impresión y seguramente tendrá amnesia.

–¿En qué idioma habla? –preguntó alguien del grupo.

–Me parece que es un dialecto indio –contestó, prudente.

Por los documentos de identidad se enteró de que se llamaba Veronica Bühler, tenía veinticinco años, era maestra y vivía en

Liestal, en el cantón Bâle-Campagne. Su acompañante, Gertrud Frank, era alemana, residente desde hacía varios años en Friburgo, empleada administrativa en una editorial. El resultado de la autopsia confirmó las primeras suposiciones. La muerte había sido provocada por un paro cardiaco.

Como era el único que podía entenderse con Veronica, el único en cuya presencia se sentía tranquila, pasaba mucho tiempo en la clínica. Llevaba un magnetofón cuidadosamente camuflado y grababa las conversaciones varias horas al día, sobre todo cuando hablaba de ella. Afirmaba que su nombre era Rupini, y que era hija de Nagabhata, de la casta de los ksatrias, y pertenecía a una de las primeras familias de Magadha convertidas al budismo. Antes de cumplir los doce años decidió, con el consentimiento de sus padres, consagrar su vida al estudio de la Abhidharma y fue admitida en una comunidad de *Ihikunis*. Estudió gramática sánscrita, lógica y metafísica mahayana. El hecho de haber memorizado más de cincuenta mil *sutras* le dio prestigio no sólo entre los profesores y alumnos de la famosa Universidad de Nalanda sino también entre numerosos maestros, ascetas y contemplativos. Cuando cumplió los cuarenta años se convirtió en discípula del renombrado filósofo Chandrakirti. Pasaba muchos meses en un gruta meditando y transcribiendo las obras de su maestro. Allí se encontraba cuando al estallar la tormenta oyó caer un rayo en lo alto de la montaña. Luego hubo un desprendimiento de rocas que rodaron como un río de piedras y taparon la entrada de la gruta. Estuvo intentando salir en vano hasta que lo vio a él en lo alto, sobre la roca, haciéndole señas con la mano y hablándole en una lengua desconocida.

No siempre estaba seguro de haberla entendido pero, cuando sí la entendía, se guardaba la mayor parte del relato para sí y no lo contaba a los médicos. A ellos les dijo que la joven creía que vivía en la India central en el siglo VII, y que afirmaba ser una monja budista. Gracias a los sedantes dormía la mayor parte del tiempo. Habían acudido a examinarla muchos médicos y psicólogos de Zurich, Basilea y Ginebra. Como era de esperar, los periódicos publicaban un artículo cada día y el número de corresponsales extranjeros que rondaban por la clínica y hacían entrevistas a los médicos crecía sin cesar.

Por suerte, la solución en la que había pensado desde el principio estaba en vías de serle aceptada. Al otro día mismo de escuchar la cinta con sus testimonios biográficos, mandó un largo telegrama al Instituto Oriental de Roma. Al tercer día, a la hora indicada en el telegrama, transmitió por teléfono algunos fragmentos de la grabación. Al propio tiempo, informó a uno de los colaboradores más cercanos de C. G. Jung. Dos días más tarde llegó de Roma el profesor Tucci acompañado de un ayudante del Instituto. Por vez primera, Rupini pudo conversar largo y tendido, en sánscrito, de filosofía madhyamica y, principalmente, de su maestro Chandrakirti. Todas las conversaciones se grababan y el ayudante traducía algunos pasajes al inglés para información de los médicos y de los periodistas. La conversación tomaba un cariz delicado cuando Rupini preguntaba lo que le había pasado exactamente, dónde se hallaba y por qué no la entendía nadie, aunque había probado a hablar, además del sánscrito, varios dialectos indios.

–¿Qué le dice usted? –le preguntó una tarde al profesor.

–Como es lógico, siempre empiezo por recordarle la maya, esa gran hechicera, la ilusión cósmica. No es un sueño propiamente dicho, le digo, pero participa de la naturaleza ilusoria del sueño porque se trata del futuro y, por ende, del tiempo. Pues bien, el Tiempo es por excelencia irreal. No creo haberla convencido, pero afortunadamente le apasionan la lógica y la dialéctica, y de esto principalmente es de lo que hablamos.

Desde que Matei sugirió un viaje a la India, más exactamente a la provincia de Uttar Pradesh donde debía de estar la cueva en la que meditaba Rupini, el profesor Tucci estuvo de acuerdo en que el Instituto Oriental patrocinase la expedición. Gracias a la intervención de Jung los gastos los cubrió una fundación norteamericana. Cuando el proyecto llegó a oídos de la prensa, muchos periódicos se ofrecieron a correr con los gastos a condición de tener la exclusiva del reportaje. Era casi imposible evitar la publicidad, sobre todo porque había que obtener la autorización de la dirección de la clínica, del gobierno indio y de la familia de Veronica Bühler. Pero las averiguaciones llevadas a cabo en Liestal no arrojaron ningún resultado. Veronica se había instalado en la ciudad unos pocos años antes. Sus amigos y compañeros no sabían nada de su familia. Se averiguó, no obstante, que había nacido en Egipto y que sus padres se habían divorciado cuando ella tenía cinco años. Su padre había permanecido en Egipto, donde se casó de nuevo y ya no volvió a saberse nada más de él. La madre, con la que Veronica nunca llegó a congeniar bien, se había establecido en los Estados Unidos pero se ignoraba su dirección.

Finalmente, la dirección de la clínica autorizó el viaje a la India a condición de que la paciente fuese acompañada por uno de los médicos que la habían tratado y por una enfermera. Quedaba claro que la dormirían antes de abandonar la clínica y que realizaría el viaje dormida hasta que se acercaran a Gorakhpur.

Desde Bombay, un avión militar los transportó a Gorakhpur. Allí los aguardaban seis coches atestados de periodistas y técnicos y un vehículo de la televisión india. Subieron en dirección a la frontera con el Nepal, hasta la región donde, según las indicaciones de Rupini, debía de encontrarse la cueva en la que solía meditar. Por fortuna, además de él, un pandit de Uttar Pradesh, conocedor de la filosofía madaryámica, se hallaba junto a ella cuando se despertó. Ante la insistencia del médico, todos los demás se escondieron entre los árboles a unos diez metros de distancia. Como si lo hubiese reconocido, se dirigió con lenguaje amenazador al pandit; le hizo varias preguntas pero, sin aguardar respuesta, echó a andar con paso rápido por una senda mirando al frente y repitiendo sus bendiciones predilectas, las mismas que tantas veces había pronunciado en la clínica. Después de veinte minutos de subida, echó a correr jadeante. Señaló con el brazo extendido la punta de una roca que estaba perezosamente apoyada contra la pared de la montaña.

–¡Ésta es! –gritó.

Seguidamente, con los brazos pegados a la roca, comenzó a trepar con sorprendente agilidad. Cuando llegó arriba, arrancó con fuerza un esmirriado arbusto, limpió el lugar de musgo y ramas secas y descubrió una hendidura. Acercó trémula el rostro a la piedra y miró al interior. Luego se quedó inmóvil.

–¡Se ha desmayado! –exclamó uno de los que estaban abajo unos minutos antes de que llegara él.

–Es cierto, se ha desmayado –dijo levantando lentamente la cabeza.

A duras penas consiguieron bajar dejándole el sitio al equipo de técnicos. La llevaron en una camilla hasta el coche. El coche había recorrido unos diez kilómetros con ella aún desmayada cuando se oyó la explosión de la primera carga de dinamita. En menos de media hora consiguieron descender por una escalera de cuerdas. A la luz de la linterna vieron el esqueleto. Estaba acurrucado, como si la muerte le hubiera sorprendido en posición de meditación yóguica. A su lado, en el suelo, una olla de barro, dos platos de madera y unos manuscritos. Nada más tocarlos, se dieron cuenta de que hacía mucho tiempo que ya eran polvo.

La enfermera lo detuvo ante la puerta.

–Se ha despertado, pero no abre los ojos. Tiene miedo.

Se acercó a ella y le puso la mano en la frente.

–¡Veronica!

Abrió de pronto los ojos y, al reconocerlo, el rostro se le puso radiante, como nunca hasta entonces la había visto. Le cogió la mano y probó a incorporarse.

–¿Es usted? A usted sí que lo conozco. Esta mañana le pregunté por el camino… ¡Pero dónde está Gertrud? ¿Dónde está? –repitió mirándolo profundamente a los ojos.

Sabía desde el principio, al igual que todos los demás, que iba a ser imposible evitar la publicidad. La televisión india había grabado las escenas más espectaculares, y decenas de millones de telespectadores, que la habían oído hablar en sánscrito y en un dialecto himalayano la vieron al final del reportaje declarar en un tímido inglés que se llamaba Veronica Bühler y que sólo hablaba bien alemán y francés; igualmente, que tampoco había tratado nunca de aprender ningún idioma oriental, y que, salvo algunos libros de divulgación, no había leído nada de la India ni de la cultura india. Como es de suponer, eso precisamente fue lo que levantó pasión entre el público indio y, veinticuatro horas más tarde, entre la opinión mundial. Para la inmensa mayoría de los intelectuales indios, no podía encontrarse una demostración más clara de la doctrina de la transmigración del alma. En una existencia anterior, Veronica Bühler había sido Rupini.

—Pero yo no creo en la metemsicosis —dijo desesperada una tarde cogiéndolo de la mano—. ¡No he sido yo! Habré estado poseída por un espíritu —agregó mirándolo a los ojos.

Y como no sabía qué responder y vacilaba acariciándole la mano, Veronica, abatida, agachó la cabeza.

—Tengo miedo de haberme vuelto loca.

Se alojaban en uno de los más lujosos hoteles de Delhi, como huéspedes del gobierno indio. Para evitar a los fotógrafos, a los periodistas y las impertinencias de los curiosos, todo el grupo comía en una sala reservada exclusivamente para ellos y estrechamente vigilada. Todos los días visitaban museos e instituciones y se encontraban con grandes personalidades. Se desplazaban en varias limusinas flanqueadas por motoristas. Si no era así, no se atrevían a salir. Ni siquiera se atrevían a pasear por los pasillos. Una vez intentaron en compañía del médico y de la enfermera, pasada ya la medianoche, bajar a la calle con la esperanza de tomar un taxi, alejarse del hotel y pasear por la calle. Pero una caterva de gente los esperaba en la salida y se vieron forzados a volverse protegidos por la policía.

–Tengo miedo de volverme loca –repitió de nuevo al salir del ascensor.

Al día siguiente consiguió hablar con un periodista norteamericano que había tratado inútilmente de acompañarlos a Gorakhpur. Le prometió una larga entrevista en exclusiva y un material inédito si los llevaban de incógnito a una isla del Mediterráneo donde pudieran permanecer ocultos, ellos dos solos, unos meses.

–Hasta que amaine el ciclón de las televisiones y de la prensa. En menos de un año, todo se olvidará y podremos volver a nuestros asuntos.

Dos semanas más tarde, estaban instalados en una villa construida después de la guerra en una colina, a pocos kilómetros de La Valetta. Pero la preparación y grabación de la entrevista se prolongaba más de lo esperado. Veronica estaba empezando a dar muestras de impaciencia.

–Hablamos tanto y de tantas cosas, y yo no comprendo lo esencial, la transmigración del alma.

–Ya te lo explicaré cuando estemos solos.

Lo miró con ternura y susurró:

–¿Estaremos solos alguna vez?

Una noche, en Delhi, le dijo:

–Cuando abrí los ojos y te vi y me dijiste lo de Gertrud, me di cuenta de que estaba pensando dos cosas a la vez. Me decía que si bien era muy probable que mis padres vivieran, sin Gertrud me sentía huérfana. Y también en ese momento pensaba que si tuviera cinco o seis años más y me pidieras en matrimonio, aceptaría.

–Tengo ochenta y siete años –bromeó sonriente.

En ese momento la vio reír por primera vez.

–Más de los que yo tendría si me añadiera también los de Rupini. Pero ya te he dicho que no me lo creo. No puedo creerlo.

–En cierto sentido, tienes razón. Repito, sólo *en cierto sentido*. Ya lo discutiremos más tarde.

Había evitado abordar esa cuestión en la entrevista. Se limitó a citar las concepciones clásicas indias desde las Upanishads a Gautama Buda y a citar a algunos contemporáneos, especialmente los comentarios de Tucci. Así consiguió mantener el anonimato. Era un joven orientalista que pronto había hecho amistad con Veronica. Sobre todo consiguió mantener el mismo aspecto externo que había adoptado desde agosto, el pelo sobre la frente y un gran bigote rubio tapándole el labio superior.

La tarde en que se quedaron solos en la terraza, Veronica se acercó a la hamaca de él.

–Ahora explícamelo. Pero, antes que nada, explícame *cómo lo supiste*.

–He de remontarme a muy atrás.

Una tarde de principios de octubre, lo comprendió. Estaban sentados el uno junto al otro en el canapé del recibidor, contemplando a través de la balaustrada de la terraza las luces del puerto. Tuvo la impresión de que Veronica lo miraba con curiosidad.

–¿Quieres decirme algo y no te atreves. ¿Qué es?

–Estaba pensando que si nos ven siempre juntos y viviendo en la misma casa, la gente creerá que nos queremos.

Él le cogió la mano y la apretó entre las suyas.

–Y así es, Veronica. Nos queremos, dormimos en la misma habitación, en la misma cama…

–¿Es verdad? –le preguntó a media voz.

Luego suspiró, reclinó la cabeza en el hombro de Matei y cerró los ojos. Momentos después se levantó bruscamente, lo miró como si no lo reconociera y comenzó a hablar en un extraño idioma que jamás había oído hasta entonces. «¡De modo que *era esto!*», dijo para sí. «Por eso tenía que conocerla. Por eso ha pasado todo lo que ha pasado». Lentamente, sin apresuramiento para no asustarla, se dirigió al escritorio y cogió el magnetofón. Ella seguía hablando cada vez más de prisa mirándose las manos. Seguidamente se acercó el reloj de pulsera al oído y se puso a oír el tic tac, sorprendida y feliz a un tiempo. El rostro se le iluminó como si de un momento a otro fuera a echarse a reír. Pero, inesperadamente, se estremeció asustada, se puso a gemir y a restregarse los ojos. Mareada y soñolienta, se dirigió al canapé y, cuando vio que se tambaleaba, él la cogió en brazos. La llevó a la habitación y la tendió en el lecho cubriéndola con un chal.

Pasada la medianoche se despertó.

–¡Me he asustado! He tenido una pesadilla.

–¿Qué has soñado?

–¡No quiero ni acordarme! Me da miedo pensarlo. Estaba Dios sabe dónde, junto a un gran río, y un desconocido con una cabeza parecida a una careta de perro se dirigía hacia mí. Llevaba en la mano… No quiero ni acordarme –repitió extendiendo los brazos para abrazarlo.

Desde aquella noche, no volvió a dejarla sola. Temía que pudiera repetirse de repente lo que él llamaba una crisis paramediúmnica. Por suerte, el jardinero y las dos jóvenes maltesas que se ocupaban de la casa se marchaban después de cenar.

–Sigue contándome –lo acuciaba ella todas las noches, en cuanto se quedaban solos–. ¡Explícame! A veces me sabe mal no recordar nada de lo que sabía Rupini.

Una mañana, al volver del jardín, ella le preguntó de improviso:

–¿No te ha parecido raro que nos esperaran allí, junto a la valla? Es como si nos estuvieran espiando.

–No he observado nada. ¿Dónde estaban?

Vaciló un momento evitando su mirada.

–Estaban allí, junto a la puerta, como si hubieran estado espiándonos. Dos hombres curiosamente vestidos. Pero tal vez me equivoque –dijo llevándose la mano a la frente–. Quizá no estuvieran en nuestra puerta.

La cogió del brazo y la atrajo hacia sí.

–Me temo que te haya dado demasiado tiempo el sol en la cabeza –le dijo mientras la ayudaba a tenderse en el canapé.

«Ha pasado una semana. Así que éste es el ritmo, semanal. Eso significa que todo podría durar un mes. Pero ¿qué será luego de nosotros?»

Cuando tuvo la seguridad de que dormía profundamente, fue de puntillas hasta el escritorio y volvió con el magnetofón. Durante un tiempo no se oyeron más que cantos de mirlos y la respiración levemente agitada de ella. Después una ancha sonrisa iluminó toda su faz. Pronunció muy despacio unas palabras seguidas de un silencio concentrado, ansioso, como si esperara una respuesta que tardaba en llegar o que no lograba oír. Acto seguido, comenzó a hablar con mucha calma, como si estuviera hablando sola, y repetía muchas veces determinadas palabras, con diferente entonación, pero teñidas todas de una gran tristeza. Cuando vio las primeras lágrimas deslizarse tímidamente por sus mejillas, apagó el magnetofón y lo metió debajo del canapé. Seguidamente, con sumo cuidado, le acarició la mano y le enjugó las lágrimas. Más tarde, la tomó en brazos y la llevó hasta la alcoba. Se quedó a su lado hasta que se despertó. Cuando ella lo vio, le cogió la mano y se la apretó con emoción.

–He soñado –dijo–. Ha sido un sueño muy bonito, pero muy triste. Eran dos jóvenes como nosotros, que se querían pero no podían estar juntos. No entiendo por qué, pero no se les permitía estar juntos.

No se había engañado. En efecto, el ritmo era semanal, aunque los éxtasis paramediúmnicos tenían lugar a horas distintas. «Materiales para la historia documental del lenguaje», pensó mientras clasificaba las cuatro cintas. «Al egipcio y al ugarita han seguido probablemente una muestra de protoelamita y otra de sumerio. Estamos sumergiéndonos en un pasado cada vez más lejano. Documentos para el Arca», añadió con una sonrisa. «¡Qué no darían los lingüistas por poderlos estudiar *ahora*! Pero ¿hasta dónde vamos a llegar? ¿Hasta los protolenguajes no articulados? ¿Y después?»

A mediados de diciembre se produjo la experiencia más extraña. Afortunadamente, era poco antes de medianoche y todavía no se habían dormido. Veronica comenzó a emitir una serie de gritos guturales, prehumanos, que a él lo exasperaron y humillaron a la vez. Creía que semejante regresión al estado animal sólo podía intentarse con voluntarios, nunca con un sujeto inconsciente. Pero momentos después siguió una cadena de fonemas vocálicos claros, de una infinita variedad, de vez en cuando interrumpidos por breves explosiones labiales, como jamás hubiese imaginado que pudiese reproducir un europeo. A la media hora, Veronica se quedó dormida suspirando. «Más lejos no creo que puedan ir», se dijo cerrando el magnetofón. Después, esperó. Quería velar, a su lado, hasta que se despertara. Hacia la madrugada se acostó.

Cuando se despertó, poco antes de las ocho, Veronica dormía aún y no quiso despertarla. Estuvo durmiendo hasta casi las once. Al advertir que era tan tarde, saltó de la cama.

—¿Qué me ha pasado? —preguntó.

—Nada. Debías de estar muy cansada. Habrás tenido un mal sueño.

—No. No he soñado nada. Por lo menos, yo no me acuerdo de nada.

Decidieron celebrar la nochebuena y la nochevieja en un conocido restaurante de La Valetta. Veronica había reservado la mesa a nombre de *Monsieur* y *Madame* Gerald Verneuil. Ella eligió el nombre y los trajes para la nochevieja.

—No creo que corramos el riesgo de que nos reconozcan —dijo—. Aunque en otoño nuestras fotografías hayan aparecido en primera página de todas las revistas.

—De eso puedes estar segura, y de que seguirán apareciendo aún.

Se echó a reír ligeramente intimidada y, sin embargo, feliz.

—Me gustaría verlas. Me refiero a las fotos de las revistas. Me gustaría tener algunas de recuerdo. Pero tal vez sea demasiado arriesgado buscarlas.

–Yo las buscaré.

Pero aunque buscó por muchos quioscos y librerías, sólo encontró una revista italiana con tres fotografías de Veronica, todas de la India.

–Se diría que estaba más joven y guapa entonces, hace tres meses –dijo.

Pocas semanas después, comprobó que Veronica tenía razón. Hacía tiempo que no parecía tan joven. «Los documentos para el Arca tienen la culpa. Los éxtasis paramediúmnicos la han agotado.»

–Siempre estoy cansada –le dijo una mañana–, y no entiendo por qué. No hago absolutamente nada y, sin embargo, me siento cansada.

A principios de febrero consiguió convencerla para que fuese a ver a un médico de La Valetta. Luego esperaron intranquilos el resultado de los numerosos análisis.

–La señora no tiene nada, absolutamente nada –le aseguró el médico cuando se quedaron solos–. No obstante le recetaré unas inyecciones reconstituyentes. Debe de ser el nerviosismo que precede, en determinadas mujeres, a la crisis del climaterio.

–¿Qué edad calcula que tiene?

El médico se sonrojó y se frotó nervioso las manos. Luego se encogió de hombros.

–Alrededor de los cuarenta –dijo al cabo de un momento, evitando su mirada.

–Pues le aseguro que no le engañó cuando le dijo que no había cumplido todavía los veintiséis años.

El efecto de las inyecciones se hacía esperar. Cada día se sentía más cansada. A menudo, tras mirarse en el espejo, la sorprendía llorando. En cierta ocasión, mientras iba camino del parque, oyó a sus espaldas unos pasos apresurados y volvió la cabeza. Era la cocinera que corría asustada hacia él.

–*Professore* –le dijo–, *la signora ha il malocchio!*

«Debería haberlo comprendido desde el principio. Los dos hemos cumplido con nuestro deber y ahora tenemos que separarnos. Y como no podía encontrarse un argumento más convincente, salvo un accidente mortal o un suicidio, se ha elegido éste: un proceso de vejez galopante».

Sólo se atrevió a decírselo a la mañana siguiente cuando le enseñó el pelo. Había encanecido durante la noche. Estaba llorando, apoyada contra la pared, tapándose la cara con las manos. Se arrodilló junto a ella.

–Veronica, yo soy el culpable. Escúchame y no me interrumpas. ¡Si yo sigo a tu lado, no llegarás al otoño! No puedo decirte más, no tengo derecho. Pero te aseguro que, en realidad, *¡no has envejecido!* En cuanto yo desaparezca de tu vida, recuperarás tu juventud y tu belleza.

Veronica le buscó asustada la mano, la puso entre las suyas y comenzó a besársela.

–¡No me dejes! –musitó.

–¡Escúchame! Te suplico que me escuches dos o tres minutos más. Estoy condenado a perder todo lo que amo. Pero prefiero perderte joven y guapa, tal y como eras y como serás sin mí, antes que verte consumiéndote entre mis brazos. ¡Escúchame! Voy a marcharme. Si dentro de tres o cuatro meses no has recobrado el aspecto que tenías en otoño, volveré. En cuanto reciba tu telegrama, regreso. Te pido sólo una cosa, que esperes tres o cuatro meses lejos de mí.

Al día siguiente, en una larga carta, le explicó por qué no tenía derecho a permanecer a su lado cuando recobrara la juventud. Y como Veronica parecía que finalmente aceptaba intentar la prueba, decidieron abandonar la villa. Ella pasaría las primeras semanas en una casa de reposo de monjas y él tomaría el avión para Ginebra.

A los tres meses recibió un telegrama. «Tenías razón. Te amaré toda la vida. Veronica.» «Serás feliz. Adiós.»

Aquella misma semana salió para Irlanda.

5

Sin el bigote rubio y sin aquel flequillo que le daba un parecido con ciertos poetas de los años crepusculares del romanticismo, no temía que pudiera reconocerlo nadie. Al contrario, desde su regreso de Malta frecuentaba otros ambientes, principalmente de lingüistas y de críticos literarios. A veces, en el transcurso de la conversación, salía a colación el caso Veronica-Rupini. Por las preguntas que hacía, se veía a la legua lo poco y mal informado que estaba. En el verano de 1956 aceptó colaborar en un álbum documental de James Joyce. Aceptó porque el proyecto le permitía visitar Dublín, una de las pocas ciudades que quería conocer. Desde entonces volvía cada año, en vísperas de la Navidad o a principios de verano.

Al quinto viaje, en junio de 1960, conoció a Colomban. Lo conoció una tarde al entrar casualmente a un pub a espaldas de la calle O'Connell. En cuanto lo vio, Colomban se dirigió hacia él, le cogió la mano entre las suyas y se la estrechó con efusión. Luego lo invitó a sentarse en su mesa.

—¡Cuánto tiempo hace que lo espero! —exclamó con tono patético y casi teatral—. Es la quinta vez que vengo aquí a propósito para verle.

Era un hombre de edad indefinida, pecoso, medio calvo y con unas patillas cobrizas que contrastaban con la palidez rubia de la cabellera.

–Si yo le dijera que lo conozco, que sé *muy bien* quién es usted, no me creería. Así que no digo nada. Pero como yo probablemente también estoy condenado a llegar a centenario, quiero preguntarle sólo una cosa: *¿Qué hacemos con el Tiempo?* Me explico inmediatamente.

Continuaba mirándolo en silencio, sonriente, cuando Colomban se levantó bruscamente de la mesa.

–O, mejor, preguntémosle a Stephens –añadió dirigiéndose al mostrador.

Volvió con un joven delgado y vestido con desaliño. Le tendió tímidamente la mano y se sentó en una silla, frente a él.

–Tiene que perdonar sus pequeñas manías –le dijo el joven pronunciando despacio las palabras–. Siempre está pidiéndome que declame (seguramente piensa que tengo una dicción mejor): *¿Qué hacemos con el Tiempo?* He aquí su gran descubrimiento: que la pregunta «¿qué hacemos con el Tiempo?» expresa la ambigüedad de la condición humana, ya que, por una parte, los hombres, *¡todos los hombres!*, quieren vivir más pasar, si es posible, de los cien años. Pero la inmensa mayoría, en cuanto llegan a los sesenta o sesenta y cinco y se jubilan, es decir, en cuanto son *libres para hacer lo que quieran*, se aburren. Descubren que no saben lo que hacer con el tiempo libre. Y, por otra, a medida que el hombre avanza en edad, el tiempo interior acelera su ritmo, de suerte que los pocos que *sí saben* lo que hacer con el tiempo libre, *no consiguen* hacer gran cosa. En fin, a esto puede añadirse…

Colomban lo interrumpió poniéndole la mano en el hombro.

–Es bastante por hoy. En otro tiempo lo decías mejor y de modo más convincente. Además, volvamos al problema del Tiempo. De momento quisiera preguntarle si por casualidad ha leído usted este artículo.

Le alargó una página de una revista norteamericana. «Hablaba a veces de una nueva calidad de vida e insistía en que podía ser, que *tenía* que ser descubierta por cada uno de nosotros. En el mismo momento en que se despertaba, experimentaba una profunda alegría que no sabía cómo describir. Era, sin duda, la alegría de sentirse vivo, intacto y sano, pero era más aún, la alegría de que existían también otros hombres, de que existían estaciones y de que ningún día se parecía a otro, la alegría de poder ver animales y plantas, de poder acariciar a los árboles. Por la calle, incluso sin volverse a mirar a su alrededor, sentía que formaba parte de una inmensa comunidad, de que era parte del mundo. Hasta las cosas feas, por ejemplo, un vertedero lleno de basura y chatarra, parecían estar misteriosamente iluminadas de una irisación interior.»

–Muy interesante –dijo cuando terminó de leer la columna–. Pero debe de existir una continuación.

–Seguro que existe. Es un artículo entero bastante largo. Se titula «El joven de setenta años», y lo firma Linda Gray.

No trató de esconder su sorpresa.

–No sabía que se hubiera dedicado a escribir –dijo sonriendo.

–Hace mucho que escribe y lo hace muy bien –prosiguió Colomban–. Pero quería estar seguro de haber comprendido bien: la longevidad es soportable, e incluso interesante, *sólo* si de antemano se ha descubierto la técnica de los placeres sencillos.

–No creo que se trate de ninguna técnica.

–Con todo respeto, he de contradecirle. ¿Conoce usted otros ejemplos de centenarios o de nonagenarios que vivan esos estados de bienestar descritos por Linda Gray, si exceptuamos a los anacoretas taoístas, a los maestros de zen y a determinados yoguis y monjes cristianos? En pocas palabras, a los que practican las distintas disciplinas espirituales.

–Se conocen bastantes ejemplos. Por supuesto, la mayoría son labriegos, pastores y pescadores, gentes sencillas, como se les llama. No disponen de ninguna técnica propiamente dicha pero, naturalmente, practican una disciplina espiritual: la oración, la meditación…

Se interrumpió al ver detenerse junto a su mesa a un hombre ya de edad, completamente calvo y fumando en una larga boquilla de ámbar.

–Es inútil que discutan –dijo dirigiéndose a Colomban–. Tanto en un caso como en el otro, el problema es el mismo. Sin esa nueva calidad de vida de la que habla Linda Gray, la longevidad es una carga e incluso puede llegar a ser una maldición. Y, entonces, en este caso, *¿qué vamos a hacer nosotros?*

–Es el doctor Griffith –lo presentó Colomban–. Él también estuvo allí, con nosotros, cuando sucedió.

Se calló y le buscó la mirada.

–Quizá sea mejor explicárselo, explicarle de lo que se trata.

El médico se sentó y continuó fumando absorto, con la vista clavada en una vieja cromolitografía.

–Cuénteselo. Pero empiece por lo esencial. Lo esencial no es la biografía de Bran, sino la significación del centenario.

Colomban alzó los dos brazos como si quisiera interrumpirlo y aclamarlo a la vez.

–Si añade una palabra más, doctor, tendré que empezar por el final.

Después, se volvió hacia Matei y lo miró de forma que a éste le pareció provocadora.

–Aunque tiene fama de omnisciente, estoy seguro de que no sabe nada de Sean Bran. Incluso aquí, en Dublín, pocos son los que lo recuerdan. Era poeta y, al mismo tiempo, mago y revolucionario o, más bien, irredentista. Murió en 1825 y, treinta años más tarde, en junio de 1855, sus admiradores (que a la sazón eran bastantes) inauguraron en una plaza un monumento en su honor. Era un busto de medio pelo sobre una roca marina como zócalo. El mismo día plantaron detrás de la estatua una encina a unos tres metros de distancia.

–Era el 23 de junio de 1855 –concretó el doctor Griffith.

–Exacto. Y hace cinco años, nosotros, los últimos admiradores del *poeta* y *mago* Sean Bran, organizamos una ceremonia en la plaza que lleva su nombre. Esperábamos que con ese motivo Bran volviera a estar de actualidad. Nos hacíamos ilusiones ya que los pocos que hoy todavía aprecian su obra poética no se avenían en modo alguno con sus ideas y prácticas mágicas, y los activistas políticos, los que admiran su irredentismo...

–Ha olvidado lo esencial –lo interrumpió el doctor–. Ha olvidado a James Joyce.

–Es muy importante –dijo Stephens.

–Es verdad. Si las esperanzas que pusimos en *Finnegans Wake* se hubiesen cumplido, Sean Bran sería hoy un nombre célebre. Pues, como usted sabe, todo lo que roza con la vida y obra del Gran Hombre está destinado a la celebridad. Una tradición oral cuyo origen no hemos conseguido identificar sostiene que, al parecer, Joyce hizo en *Finnegans Wake* una serie de alusiones a la estética y, sobre todo, a *las concepciones mágicas* de Bran. La misma tradición afirma que James Joyce no quiso precisar más, indicar el contexto ni la página donde pudieran estar esas alusiones. Durante años y años, algunos de nosotros nos afanamos por descubrirlas pero sin resultado hasta ahora. Si la tradición es auténtica, las hipotéticas alusiones yacen ocultas en las ciento ochenta y nueve páginas de *Finnegans Wake*, y aún están esperando a que las descubran.

–Sólo cuando no tuvimos más remedio que reconocer ese fracaso –lo interrumpió el doctor Griffith–, decidimos celebrar el centenario. Puede que nos hayamos equivocado al elegir *el centenario de una estatua* en vez de una *conmemoración* de naturaleza biográfica.

–Sea como fuere –le cortó Colomban–, desde que nos reunimos en la plaza, comprendimos que íbamos a llevarnos irremediablemente un chasco. Por la mañana había hecho un calor sofocante.

–Era el día 23 de junio –precisó el doctor Griffith.

–Sofocante –repitió Colomban–, y a medio día el cielo parecía de plomo. Incluso los pocos periodistas que nos habían prometido su apoyo no se atrevieron a quedarse. Los escasos asistentes comenzaron a marcharse en cuanto oyeron los primeros truenos y cayeron las primeras gotas de lluvia. Cuando empezó la tormenta no estábamos más que nosotros, los seis que habíamos tomado la iniciativa de la conmemoración.

El doctor se levantó de la mesa.

—Creo que es hora de dirigirnos a la plaza –dijo–. No está lejos.

—Pero si encontramos un taxi, lo cogemos –agregó Colomban.

Lo encontraron antes de llegar al extremo de la calle.

—Así pues, solamente nos quedamos nosotros seis –continuó Colomban–. Y como llovía a cántaros nos refugiamos debajo de la encina.

—Y, claro, en un momento dado –lo interrumpió Matei sonriendo–, en un momento dado…

—Sí. En un momento dado, cuando menos lo esperábamos, pues suponíamos que la tormenta prácticamente había pasado y nos preguntábamos si esperar cinco o diez minutos para leer los discursos que teníamos en el bolsillo o bien a que escampara del todo, con la esperanza de que al menos parte de los invitados regresaran…

—Sí –lo interrumpió el doctor Griffith–, en un momento dado el rayo cayó sobre la encina y la quemó de arriba abajo.

—Pero ninguno de nosotros seis fue alcanzado –continuó Stephens–. Yo sólo sentí mucho calor pues la encina estaba ardiendo.

—Sin embargo, no se quemó completamente –terció Colomban–, pues, como ve –añadió tras pagar al taxista y bajar del taxi–, aún ha quedado una parte del tronco.

Avanzaron unos pasos y se detuvieron frente a la verja que rodeaba el monumento. No estaba iluminado pero a la luz de las farolas de la plaza se veía bastante bien. La roca, que se alzaba en oblicuo del suelo, era impresionante y el busto había adquirido una noble pátina, casi melancólica. A sus espaldas se perfilaba el tronco grueso y mutilado de la encina. Todavía se distinguían grandes trozos carbonizados junto a unas tímidas ramas verdes.

—¿Por qué la han dejado así? –preguntó Matei azorado–. ¿Por qué no la han arrancado y han plantado otra?

Colomban soltó una risita irónica y comenzó a frotarse nervioso las patillas.

–Por ahora el Ayuntamiento la considera, me refiero a la encina, monumento histórico. Sean Bran no se ha vuelto popular pero esta historia, la de la encina fulminada por el rayo, *exactamente* el día en que cumplía los cien años, se ha sabido en todas partes.

Caminaban despacio en torno a la verja.

–Ahora comprenderá –continuó Colomban–, por qué nos interesa el problema del Tiempo. Dicen, y yo estoy convencido de que es verdad (mi padre conoció varios casos), que los que se refugian debajo de un árbol y salen ilesos si les cae un rayo, están destinados a vivir cien años.

–Nunca he oído hablar de semejante creencia, pero me parece lógica.

El espectáculo era tan sumamente impresionante, la roca marina vista por detrás, con aquel tronco de tres metros, descortezado y carbonizado, pero conservando aún unas pocas ramas vivas, que les pidió volver a contemplarlo una vez más.

–Lo más curioso de todo –dijo el doctor cuando estuvieron de nuevo frente a la estatua–, curioso y triste a la vez, es el hecho de que la policía descubrió al otro día una carga de dinamita oculta debajo del zócalo. Si no hubiese sido por la lluvia, hubiese hecho explosión durante los discursos y habría destruido la estatua o, en el mejor de los casos, la habría mutilado.

Lo escuchaba azorado y se detuvo en seco para mirarlo a los ojos.

–Pero ¿por qué? –preguntó bajando la voz–. ¿Quién habría podido tener interés en destruir un monumento histórico?

El doctor Griffith y Colomban se miraron un instante sonriendo significativamente.

–Mucha gente –dijo Stephens–. Primero, los irredentistas, indignados de que el revolucionario Bran sea reivindicado por poetas, filósofos y ocultistas.

–En segundo lugar –dijo Colomban–, la iglesia, o para ser más exactos, los ultramontanos y oscurantistas que ven en Sean Bran el prototipo del mago satánico, lo cual es absurdo porque Bran seguía la tradición de la magia renacentista, la concepción de Pico della Mirandola o de G.B. Porta.

–No vale la pena entrar en detalles –lo interrumpió Griffith–. Lo seguro es que la jerarquía eclesiástica no está dispuesta a aceptarlo.

Ahora iban los cuatro por el medio de la calle desierta y débilmente iluminada.

–Pero –dijo Colomban–, volviendo a lo esencial, o sea, a nuestro problema. Condenados a vivir cien años, ¿qué hacemos con el Tiempo?

–Preferiría que lo discutiéramos en otra ocasión. Mañana, si quieren, o pasado. Podemos quedar al atardecer en algún jardín o en un parque.

Aceptó volverlos a ver sobre todo porque quería saber lo que de su identidad pensaba Colomban. En ciertos momentos, le hablaba como si lo tomara por un especialista en *Finnegans Wake*. Por otro lado, conservaba ese fragmento de *Un joven de setenta años* y sabía quién era Linda Gray (sabía el prestigio que había alcanzado como escritora). Stephens lo acompañó hasta la puerta del hotel. Al despedirse, tras mirar repetidamente a su alrededor, le dijo:

–Colomban es un seudónimo. Es bueno que sepa que él y el doctor Griffith practican la magia negra. Pregúnteles lo que les pasó a los otros tres que había también allí con nosotros, debajo de la encina, cuando cayó el rayo. Y pregúnteles el título que piensan darle al libro que están escribiendo entre los dos. Yo se lo diré: *Teología y demonología de la electricidad*.

Le gustó el título y lo anotó en su cuaderno íntimo después de resumir ese primer encuentro y de tratar de concretar la significación del incidente del 23 de junio de 1955. Le intrigaba el hecho de que la explosión que, por motivos políticos, tenía que haber hecho volar en pedazos la estatua hubiese sido abortada por la lluvia y sustituida por el rayo que incendió la encina centenaria. La presencia de la dinamita constituía un elemento característico de la época contemporánea. Desde ese punto de vista, el incidente le parecía una parodia, casi una caricatura, de la epifanía de los rayos. Sin embargo, la sustitución del objeto, la encina por la estatua, era un enigma. Pero nada de lo que le contaron en las otras tres ocasiones en que se vieron contribuyó a aclarárselo.

Le vino a las mientes ese título cuatro años más tarde, en el verano de 1964 cuando, con ocasión de un coloquio sobre *Mysterium Coniunctionis* de Jung, un joven participante evocó «la escatología de la electricidad». Comenzó recordando la unión de los contrarios en una sola totalidad, proceso psicológico que, en su opinión, había que interpretar a la luz de la filosofía india y china. Para el Vedanta, al igual que para el taoísmo, los contrarios se anulan si se contemplan desde determinada perspectiva, el bien y el mal pierden su sentido y, en lo absoluto, el ser coincide con el no-ser. Pero, según el joven, lo que nadie se atrevía a decir era que, en el horizonte de esa filosofía, las guerras atómicas había que, si no justificarlas, al menos aceptarlas.

—Pero yo –añadió–, voy más lejos aún. ¡Yo justifico las conflagraciones nucleares en nombre de la escatología de la electricidad!

El tumulto que estalló en la sala obligó al presidente a retirarle la palabra. A los pocos minutos, el joven abandonó la sala. Él lo siguió y lo alcanzó en la calle.

—Lamento que le hayan impedido exponer hasta el final su punto de vista. Personalmente, estoy muy interesado en esa noción de la «escatología de la electricidad». ¿A qué se refiere exactamente?

El joven lo midió con la mirada, incrédulo, y se encogió de hombros.

—No tengo demasiadas ganas de discutir ahora. Prefiero tomarme una cerveza.

–Si me lo permite, le acompañaré.

Se sentaron en la terraza de un café. El joven no trataba de esconder su malestar.

–Probablemente sea el último optimista europeo. Como todo el mundo, sé lo que nos aguarda: el hidrógeno, el cobalto y todo lo demás. Pero, a diferencia de otros, intento hallar un sentido a esa catástrofe inminente y, por ello, hago las paces con ella, tal y como nos enseña el viejo Hegel. El auténtico sentido de la catástrofe nuclear no puede ser más que el siguiente: la mutación de la especie humana, la aparición del superhombre. Sé que las guerras atómicas destruirán pueblos y civilizaciones y transformarán una parte del planeta en un desierto. Pero ése es el precio que hay que pagar para liquidar radicalmente el pasado y forzar la mutación, es decir, la aparición de una especie infinitamente superior al hombre actual. Sólo una enorme cantidad de electricidad descargada durante unas horas o unos minutos podrá modificar la estructura psicomental de este infeliz *Homo sapiens* que ha dominado la historia hasta ahora. Habida cuenta de las posibilidades ilimitadas del hombre posthistórico, la reconstrucción de una civilización planetaria podría realizarse en un tiempo récord. Como es lógico, sobrevivirán únicamente unos cuantos millones de individuos. Pero ellos representarán otros cuantos millones de superhombres. Por eso utilizaba la expresión «escatología de la electricidad», y tanto el *fin* como la *salvación* del hombre se alcanzarán por medio de la electricidad.

Se calló y, sin mirarlo, apuró su vaso de cerveza.

–¿Por qué está tan seguro de que la electricidad liberada por las explosiones nucleares forzará una mutación de orden superior? Igualmente podría provocar una regresión en la especie.

El joven volvió la cabeza y lo miró con severidad, casi con rabia.

–No estoy *seguro*, pero *quiero* creer que así será. De lo contrario, ni la vida ni la historia del hombre tendrían sentido. En ese caso estaríamos obligados a aceptar la idea de los ciclos cósmicos e históricos, el mito de la eterna repetición. Por otro lado, mi hipótesis no es solamente el resultado de la desesperanza, sino que se basa en hechos. No sé si habrá oído hablar de los experimentos de un científico alemán, el doctor Rudolf.

–Sí, casualmente. Pero sus experimentos de electrocución de animales no son concluyentes.

–Eso dicen. Pero como el archivo de Rudolf ha desaparecido casi en su totalidad, es difícil emitir un juicio. En cualquier caso, mientras ese archivo se pudo consultar no se halló ningún indicio de regresión biológica. Además, seguramente usted habrá leído la novela de Ted Jones *Rejuvenecimiento por el rayo*.

–No, ignoraba su existencia.

–Si la cuestión le interesa, debería leerla. En el prólogo, el autor da a entender que la novela se basa en hechos reales. Sólo se cambiaron la nacionalidad y el nombre de los personajes.

–¿Y de qué trata la novela?

–Jones describe la regeneración y rejuvenecimiento de un anciano alcanzado por un rayo. Un detalle significativo: el rayo le cayó en el centro de la bóveda craneal. A los ochenta años, el personaje, repito que es real, no aparentaba más de treinta. Conque de una cosa sí que estamos seguros: de que, en ciertos casos, la electricidad a dosis masivas provoca la regeneración total del cuerpo humano, o sea, lo rejuvenece. Por desgracia, la novela no da indicaciones precisas sobre la modificación de la experiencia psicomental. Sólo hace alusiones a la hipermnesia. Pero ya se imaginará la transformación tan radical que traerá la electricidad liberada por decenas o centenares de bombas de hidrógeno.

Cuando se levantó de la mesa y le dio las gracias, el joven lo miró con interés por vez primera, casi con simpatía. Al llegar a casa, escribió en su agenda: *18 de octubre de 1964. La escatología de la electricidad. Creo que puedo añadir:* Finale. *Tengo la impresión de que ya no voy a tener ocasión de consignar más acontecimientos o encuentros del mismo interés.*

A pesar de ello, dos años después, el 10 de octubre de 1966, escribió: *Desalojo de los documentos. Recibo un nuevo pasaporte. En* otro tiempo habría contado con pelos y señales esos dos episodios. Sobre todo la admirable y misteriosa operación de transferencia de los documentos. Recibió a través del banco la carta de una compañía aérea en la que le comunicaba que los gastos de transporte de las cajas de manuscritos y fonogramas ya habían sido liquidados en su sucursal de Honduras. Según tenían concertado de antemano, un empleado de la oficina de Ginebra iría a su casa para supervisar el embalaje del material. Desde luego, era un especialista y estaba al corriente de la naturaleza de los objetos que había que embalar. Después de transportar desde el banco dos cajones repletos, se pasaron ambos trabajando casi hasta el alba. A excepción de los cuadernos de notas íntimas y de algunos objetos personales, todo lo demás se embaló en sacas y cajas selladas y numeradas. Durante un tiempo temió que el desalojo de los materiales pudiese indicar la inminencia de la catástrofe, pero una serie de sueños consecutivos lo tranquilizaron.

Después, aunque de forma sucinta y enigmática, las anotaciones se multiplicaron. En diciembre de 1966: *Sin embargo, tendré que escribirle y darle las gracias. El libro es mucho más inteligente de lo que me esperaba.* Se refería a la novela que le había enviado Jones. Le habría gustado añadir: *Lo más extraordinario es cómo adivinó mi nombre y dio con mi paradero,* pero desistió. En febrero de 1967: *Investigación relacionada con la destrucción del archivo del doctor Rudolf.* En abril: *Encuentro casual con R. A. Me dice muy en secreto que las diligencias preliminares han concluido. Ahora* está seguro de que en las dos maletas el doctor Bernard había reunido los documentos más valiosos (sospecho que fonogramas y fotografías, los informes de Stănciulescu y mis cuadernos de 1938-39).

El 3 de junio de 1967 anota: *En la India se ha reproducido la polémica Rupini-Veronica. Un número cada vez mayor de hombres de ciencia ponen en duda la autenticidad de las grabaciones efectuadas en la clínica. Argumento decisivo: Veronica y su acompañante desaparecieron sin dejar rastro poco después de que la expedición regresase a Delhi. Ahora, un gran filósofo materialista dice que pasados casi doce años es imposible un careo de los testigos.* El 12 de octubre: *Linda ha obtenido el Premio Pulitzer por su nuevo libro* Una biografía. *¿De quién será?*

El 12 de junio de 1968: *Veronica. Afortunadamente no me ha visto.* Momentos después añadió: *En la estación de Montreux, en compañía de dos hermosos niños a los que explicaba un cartel turístico. Aparenta la edad que tiene, incluso algo menos. Lo único importante: que es feliz.*

El 8 de enero de 1968 celebró su centenario en un lujoso restaurante de Niza, en compañía de una joven sueca, Selma Eklund, a la que admiraba por su inteligente y original interpretación del drama medieval. Ese mismo mes, Selma cumplía veintiocho años. Él le confesó medio en broma que se acercaba a los cuarenta. Pero la velada se estropeó, seguramente porque ella no estaba habituada al champaña y antes del postre tuvo que llevarla al hotel. Estuvo paseando hasta después de medianoche, él solo, por calles poco transitadas.

Sin embargo, quería marcar su «primer centenario», como le gustaba llamarlo, con un viaje más espectacular. Muchos años atrás estuvo en México y luego en Escandinavia. Ahora le gustaría visitar China o Java. Pero no tenía prisa en decidirse. «Tengo todo el año a mi disposición.»

Una tarde de otoño volvió a casa más temprano que de costumbre. Una lluvia helada le había obligado a renunciar a su largo paseo por el parque. Quiso telefonear a una amiga, pero lo pensó mejor y se acercó al estante de discos. «En una tarde fría como ésta, sólo música. Sólo música», repitió abstraído, sorprendido de encontrar extraviado entre los discos el álbum familiar de fotos. Lo sacó frunciendo las cejas y sintió de repente mucho frío, como si se hubieran abierto de golpe las ventanas. Permaneció un rato indeciso con el álbum en las manos. «*¿Y la tercera rosa?*», oyó a su pensamiento. «¿Dónde quieres que la ponga? Deja el álbum y muéstrame dónde quieres que ponga la rosa. *La tercera rosa*».

Se echó a reír, era una risa amarga, de enojo. «A pesar de todo, soy un hombre libre», se dijo sentándose en el sillón. Con sumo cuidado y transido de emoción abrió el álbum. Una rosa recién cortada, de color malva, como sólo había visto una vez hasta entonces, apareció entre las dos páginas. La cogió feliz. No creía que una sola rosa pudiera perfumar una habitación entera. Titubeó un buen rato. Luego la colocó junto a él, en el brazo del sillón, y sus ojos se posaron sobre la primera fotografía. Estaba pálida, descolorida y amarillenta, pero reconoció sin ninguna dificultad su casa paterna de Piatra Neam.

6

Había empezado a nevar unas horas antes. Luego, después de pasar por Bacău, se desencadenó la ventisca. Pero cuando el tren entró en la estación había parado de nevar y en el cielo límpido brillaban las primeras estrellas. Reconoció la plaza, inmaculada bajo la nieve fresca, aunque a una y otra parte se levantaban bloques de edificios de reciente construcción. Sin embargo, le pareció raro que ahora, en vísperas de Navidad, hubiera tan pocas ventanas iluminadas. Permaneció un rato con la maleta en la mano mirando con emoción al bulevar que se abría ante él. Volvió a la realidad cuando la familia con la que había viajado en el mismo compartimiento del tren tomó el último taxi. Pero el hotel donde tenía reservada habitación estaba bastante cerca. Se levantó el cuello del abrigo y, sin prisa, atravesó la plaza y siguió por el bulevar. Cuando llegó al hotel, notó que se le había dormido el brazo izquierdo. La maleta era más pesada de lo que se había imaginado. Presentó el pasaporte y el resguardo de la Oficina de Turismo.

–Pues habla usted muy bien el rumano –comentó la recepcionista después de examinar el pasaporte.

Tenía el pelo canoso, llevaba gafas sin montura y le impresionó por los rasgos delicados de su rostro y la distinción de su voz.

–Soy lingüista, mi especialidad son las lenguas románicas. Además, he estado otras veces en Rumania, incluso en Piatra Neamţ. Cuando era estudiante. A propósito, ¿sigue existiendo el café Select?

–¡Cómo no! Es un monumento histórico. Allí iba Calistrat Hogaş. Seguramente lo habrá oído nombrar.

–¡Desde luego!

–Solía ir por el café entre 1869 y 1886, cuando era profesor aquí, en Piatra Neamţ. Pusieron una placa. Su habitación es la número 19, en el tercer piso. Ahí tiene el ascensor.

–Creo que antes que nada voy a ir al Select. No queda lejos. Volveré dentro de una hora u hora y media.

Creyó ver en la señora una mirada de sorpresa por encima de las gafas.

–Abríguese bien. Las calles están todavía llenas de nieve y han anunciado más nevadas.

–Una hora u hora y media, todo lo más.

A los diez minutos se convenció de que la señora de la recepción había tenido razón, pues, en efecto, ciertas calles estaban intransitables a causa de la nieve y a duras penas podía caminar. Pero en los alrededores del café habían limpiado de nieve la acera y aceleró el paso. Se detuvo frente a la puerta para tomar aliento y calmar los latidos de su corazón. Al entrar reconoció el olor a cerveza, a café recién molido y a humo de tabaco barato. Se dirigió a la sala del fondo, donde se reunía su tertulia de antaño. La estancia estaba casi desierta; sólo había una mesa ocupada donde tres hombres apuraban sus jarras de cerveza. «Por eso no han encendido más que la luz de arriba, la más débil, para ahorrar energía», pensó. Se sentó en el canapé que había pegado a la pared y se quedó allí con la mirada perdida esperando al camarero. No sabía qué pedir, si una jarra de cerveza o un café con agua mineral. Al poco, los tres parroquianos se levantaron ruidosamente de sus asientos dispuestos a marcharse.

–Tampoco esta vez hemos llegado a ninguna conclusión –exclamó uno de ellos enrollándose una bufanda de lana gris al cuello.

–¡No pasa nada! –dijo el segundo.

–¡No pasa nada! –repitió el último riendo y mirando significativamente a los otros dos–. Ya sabes a lo que me refiero.

Una vez solo, se preguntaba si valía la pena seguir esperando al camarero cuando le pareció que alguien se acercaba tímidamente a él, vacilante y mirándolo con curiosidad. Sólo cuando lo tuvo delante lo reconoció: era Vaian.

–¿Es usted, don Dominic? –exclamó dando un paso hacia él y, cogiéndole la mano, se la estrechó con efusión varias veces entre las suyas–. ¡Gracias a Dios que ha vuelto! ¡Ya se le ha pasado! –acto seguido volvió la cabeza y gritó–: ¡Doctor! ¡Venga en seguida, doctor, que ha vuelto don Dominic!

No le soltaba la mano y se la sacudía sin cesar. A los pocos momentos, el grupo entero invadió la sala con el doctor Neculache a la cabeza y con Nicodim, que llevaba la botella de Cotnar en la mano izquierda y el vaso medio lleno en la derecha. En sus miradas se reflejaba la alegría y el temor y se apelotonaban a su alrededor para verlo mejor repitiendo casi con asombro su nombre. Estaba tan emocionado que temía que de un momento a otro se le saltaran las lágrimas, pero, haciendo un esfuerzo, consiguió reír.

–Conque la historia vuelve por donde empezó. Estoy soñando y, cuando me despierte, tendré entonces la impresión de empezar a soñar de verdad. Como en el cuento de Chiang-Tse y la mariposa.

–¿Chiang-Tse? –repitió a media voz Vaian–. ¿El cuento de la mariposa de Chiang-Tse?

–Se lo he contado montones de veces –lo interrumpió con repentino buen humor.

Entonces oyó una voz que venía del fondo.

–¡Que alguien vaya a avisarle a Veta!

–¡Dejen a Veta en paz! No necesito a Veta para creerles. Me doy cuenta perfectamente de que estoy soñando y de que dentro de un minuto o dos me despertaré.

–No se fatigue, don Dominic –intervino el doctor acercándose y poniéndole la mano en el hombro–. Con lo que ha pasado... No se fatigue.

109

De nuevo se echó a reír.

—Lo sé —dijo con voz tranquila, esforzándose por no herirlo—. Sé que todo esto, nuestro encuentro de aquí y todo lo que venga después, todo habría podido ocurrir realmente en diciembre de 1938.

—Pues eso es lo que está pasando, don Dominic —lo interrumpió Vaian—. Estamos a 20 de diciembre de 1938.

Lo miró con ironía y con cierta lástima.

—No me atrevo a decirles en qué año estamos nosotros, los demás, los que vivimos fuera de este sueño. Si hiciera un esfuerzo, me despertaría.

—Está usted despierto, don Dominic —dijo el médico—, pero está cansado. Además, no tiene usted muy buen aspecto.

—¡Vaya! —estalló de pronto perdiendo la paciencia—. Entérense de que entre el 20 de diciembre de 1938 y el día de hoy han pasado muchas cosas. Por ejemplo, la Segunda Guerra Mundial. ¿Han oído hablar de Hiroshima? ¿Y de Buchenwald?

—¿La Segunda Guerra Mundial? —preguntó alguien del fondo—. No tardará mucho en venir, no…

—Han pasado muchas cosas desde que usted desapareció y no volvió a dar señales de vida —dijo Nicodim—. Han registrado su casa y se han llevado los libros de su biblioteca.

—Lo sé, lo sé —le cortó levantando el brazo—. Yo les dije qué libros tenían que coger para traérmelos. Pero eso fue hace mucho tiempo, mucho.

Empezaba a irritarle el hecho de no poderse despertar, aunque sabía que estaba soñando y que quería despertarse.

—Lo buscamos por todas partes —oyó una voz que le sonó conocida—. El doctor estuvo buscándolo incluso por los hospitales.

—Había oído decir que estaba usted en Bucarest —dijo Neculache—, y que allí lo confundieron con otro.

—Así fue, así fue. Me confundieron porque rejuvenecí —vaciló un momento y continuó en tono triunfante y enigmático—: Ahora puedo decirles la verdad. El rayo que me alcanzó, justo en la bóveda craneana, me rejuveneció. Me quedé con el aspecto de un hombre de veinticinco o treinta años y, desde entonces, no he cambiado. Desde hace treinta años aparento la misma edad.

Observó que se miraban los unos a los otros y, exasperado, se encogió de hombros y trató de reírse.

—Ya sé que no pueden creerlo. Pero si les dijera la de cosas que me han pasado, y todo a causa del rayo, la de lenguas orientales que he aprendido, quiero decir que ni siquiera tenía que estudiarlas porque de pronto comprobaba que las sabía. Y lo que les digo ahora lo hago porque estoy soñando y nunca lo sabrá nadie.

—No está soñando, don Dominic —dijo suavemente Nicodim—. Está usted aquí, con nosotros, con sus amigos, está en el café. Todos teníamos la sensación de que así ocurriría. «Cuando se le pase a don Dominic la amnesia y vuelva, ya verán cómo al primer sitio que viene será al Select», le decíamos a todo el mundo.

De nuevo se echó a reír y los miró a todos intensamente, como si tuviera miedo de despertarse en ese momento y perder su rastro.

—Si yo no estuviera soñando, habrían oído hablar de Hiroshima, de la bomba de hidrógeno y de Armstrong, el cosmonauta que llegó a la luna este verano, en el mes de julio.

Todos guardaban silencio, sin atreverse a intercambiar la mirada.

—De modo que eso fue lo que pasó —intervino el médico—, que lo tomaron por otro.

Le hubiese gustado responder, pero comenzaba a sentirse cansado. Se pasó varias veces la mano por la cara.

—Es como en el cuento aquel de…, del filósofo chino. Ustedes lo conocen porque se lo he contado muchas veces.

—¿Qué filósofo chino, don Dominic? —preguntó Vaian.

—Se lo conté hace muy poco —contestó nervioso—. Ahora no me acuerdo del nombre. El cuento aquel de la mariposa… En fin, es demasiado largo para repetirlo ahora.

Sentía un intenso cansancio en todo el cuerpo y por un instante temió que pudiera desvanecerse. «Quizá sea mejor así. Si me desvanezco, me despertaré inmediatamente.»

–Hemos pedido un trineo para llevarlo a su casa, señor Matei –dijo alguien–. Veta ha encendido la estufa.

–No necesito ningún trineo. Me voy andando. Cuando surja el problema, ya sabré lo que contestar.

–¿Qué problema, señor Matei? –le preguntó Nicodim.

Hubiese querido contestar: «¡El problema que nos angustia a todos!», pero sintió que se le movían todos los dientes y, humillado y furioso, los apretó con fuerza. Acto seguido se encaminó a la salida. Ante su sorpresa, los demás se apartaron de la mesa y lo dejaron salir. Quiso volverse una vez más para saludarlos a todos con el brazo, pero cada movimiento lo agotaba. Vacilante y respirando dificultosamente por la nariz porque tenía las mandíbulas atenazadas, salió a la calle. El aire frío lo reanimó. «Ya estoy empezando a despertarme». Cuando creyó que nadie lo veía, se llevó la mano a la boca y escupió los dientes, de dos en dos o de tres en tres. Recordó vagamente, como si fuera un sueño medio olvidado, que ya le había sucedido una vez lo mismo. Durante un tiempo estuvo sin poder hablar porque se le movían todos los dientes. «¡Así pues, es el mismo problema!», se dijo sereno y apacible.

Aquella noche, el conserje del hotel estuvo esperando inútilmente a que regresara el cliente de la habitación número 19. Luego, cuando empezó a nevar, telefoneó al café Select. Le respondieron que un caballero extranjero había entrado al atardecer y se había dirigido directamente a la sala del fondo. Pero que poco después, quizá porque la sala estaba vacía y poco iluminada, se marchó sin decir una palabra y tapándose la boca con la mano derecha. Por la mañana, en la calle Episcopiei, delante de la casa del nº 18, encontraron congelado a un desconocido, muy viejo, vestido con un traje elegante y un costoso abrigo de pieles. Tanto el abrigo como el traje le venían tan grandes que no cabía duda de que no eran suyos. En el bolsillo de la chaqueta hallaron una cartera con moneda extranjera y un pasaporte suizo a nombre de Martin Audricourt, nacido en Honduras, el 19 de diciembre de 1939.

PARÍS, NOVIEMBRE–DICIEMBRE DE 1976

DAYAN

A los últimos…

1

Nada más llegar al extremo de la calle, y después de volver la cabeza otra vez para cerciorarse de que no les seguían, Dobridor le preguntó:

–¿Tú no has notado nada en Dayan?

Dumitrescu se encogió de hombros con exasperante indiferencia.

–Ya sabes que el personaje no me interesa –dijo sin interrumpir su marcha a paso lento y medido, como si quisiera ahorrar energías–. No me gustan los genios, ni tampoco los que acaparan laureles.

–Lo sé, pero ahora se trata de otra cosa –dijo Dobridor bajando la voz–. Es algo bastante misterioso. La verdad es que me parece inexplicable, incluso sospechoso –añadió tras volver de nuevo la cabeza.

Dumitrescu se paró en seco y lo miró con aire incrédulo, tratando de sonreír.

–¿Dayan sospechoso? El primero de la clase desde que empezó la escuela primaria hasta hoy, a sólo unas semanas de obtener la licenciatura *cum laude*, a tres o cuatro meses de un brillante doctorado, a un año de la cátedra que van a crear para él, a tres años de ingresar en la Academia de Ciencias, a siete años de…

–No sé si es verdaderamente sospechoso –lo interrumpió Dobridor–, pero es bastante misterioso. De todas formas, me parece

117

inexplicable. Me di cuenta de ello por vez primera ayer tarde, en clase de geometría, cuando estaba en la pizarra. Ya sabes, lo había llamando Dorobanţu para que nos explicara…

–Ya lo sé. «¡Explícaselo tú, Dayan, que lo haces mejor que yo!» La eterna canción y la inevitable conclusión. «¡Explícaselo, Dayan, que si a ti tampoco te entienden los adoquines estos, los mando a todos a picar piedra!»

–Lo que me extraña es que los otros no se hayan dado cuenta –prosiguió Dobridor–. Esta mañana lo comprobé. Pasé muchas veces por delante de él, después me acerqué simulando que no había entendido bien la demostración y lo miré con atención. Creo que se receló algo porque se puso colorado y comenzó a balbucear. Por eso te he dicho que me parece sospechoso. ¿Por qué se puso colorado cuando advirtió que yo lo miraba con atención y *que le miraba, sobre todo, el ojo izquierdo?*

–¿Y por qué lo mirabas con tanta atención?

Dobridor esbozó una enigmática sonrisa.

–Porque desde que lo conozco, Dayan siempre ha llevado el parche negro en el *ojo derecho* y ahora lo lleva en el *izquierdo.*

–¡No puede ser!

–Te digo que lo he comprobado varias veces. Hasta hace unos días, el izquierdo era el ojo sano y ahora lo es el derecho.

Dumitrescu se quedó pensativo unos momentos.

–Eso significa que *los dos ojos están sanos.*

–¿Entonces?

–Entonces lleva el parche para fardar, para hacerse el interesante. O quizá –añadió tras una pausa, recalcando las palabras–, *por otros motivos.*

–Por eso decía que me había parecido sospechoso.

–Deberíamos informar a quien corresponde –dijo Dumitrescu bajando la voz.

–Eso mismo he pensado yo, que deberíamos informar…

–Pero andémonos con cuidado –dijo Dumitrescu tragando saliva dificultosamente varias veces, antes de humedecerse los labios–. Con mucho cuidado. No vaya a sospechar algo y vuelva a cambiarse el parche.

A la mañana siguiente, el cielo estaba tan oscuro que todas las bombillas del despacho del decano estaban encendidas. El joven dio varios toques a la puerta, esperó unos segundos, la abrió con sumo cuidado y entró. Se detuvo en el umbral como si la luz eléctrica lo hubiese deslumbrado.

–El camarada secretario me ha dicho que usted me había llamado.

Irinoiu lo miró fijamente, escrutador, como si por vez primera pudiese contemplarlo a sus anchas. Momentos más tarde, le hizo señas de que se acercara.

–Constantin Orobete –le preguntó–, ¿cuánto tiempo hace que te llaman Dayan?

El joven se ruborizó y se pegó los dos brazos al cuerpo.

–Desde 1969, después de la guerra de los seis días, cuando todos los periódicos publicaban las fotografías del general Moshe Dayan. Ya sabe, es por lo del parche negro.

Irinoiu volvió a mirarlo con una amarga sonrisa de incredulidad.

–¿Y por qué llevas el parche negro?

–A causa de un accidente. Un vecino me golpeó sin querer con un perchero en el ojo. Lo había comprado de ocasión, era un perchero grande de madera y lo llevaba a su casa. Lo llevaba en el hombro y en la puerta de su piso se volvió de repente y me golpeó. No se había dado cuenta de que yo estaba allí, en el pasillo, pegado a la pared, esperando a que metiera el perchero en su casa.

–¿Y no se ha curado desde entonces?

–No. No tiene cura. El golpe me aplastó el ojo y se me quedó profundamente metido en la órbita. Por eso tengo que llevar el parche negro. No pudieron colocarme un ojo de cristal.

–¿Qué ojo era? –preguntó Irinoiu levantándose del escritorio.

El joven se llevó la mano derecha a la frente y la dejó caer sin fuerza por la cara.

—Este ojo, el que usted ve —musitó con embarazo.

Irinoiu se había acercado a él y lo miraba de forma aún más penetrante.

—De manera que el ojo izquierdo —dijo remachando cada palabra—. Y, a pesar de todo, en tu expediente, que he estado hojeando hace un momento, hay un certificado del hospital Colţea donde consta que un objeto de madera (no dice nada del perchero), un objeto agudo de madera te destrozó el ojo *derecho*.

Desolado, Orobete bajó la cabeza.

—¡Vamos, quítate el parche!

Lo miraba con curiosidad siguiendo cada uno de sus movimientos. Cuando el joven se soltó el botón y se quitó cuidadosamente el parche, Irinoiu frunció el ceño, dio un paso atrás y volvió la cabeza. La órbita era profunda, cárdena, y había un resto de párpado sanguinolento colgando solitario e inútil.

—Puedes ponerte el parche —dijo volviendo al escritorio.

Hojeó el expediente, sacó una hoja amarilla y se la tendió.

—Si has olvidado los pormenores del accidente del 8 de septiembre de 1963, lee el certificado que te expidió la sección de cirugía del hospital Colţea tres días más tarde, el 11 de septiembre.

El joven cogió con mano trémula la hoja amarilla y unos segundos más tarde se la pasó a la otra mano.

—¡Lee! —insistió Irinoiu—. Tú mismo te convencerás. El ojo derecho. ¡Lee bien! ¡El ojo derecho!

Como si se hubiese decidido de repente, el joven dejó la hoja sobre el escritorio y miró desesperado a los ojos del decano.

—Sé que no me va a creer —dijo con voz firme—, pero le juro por mis muertos que le estoy diciendo la verdad. Esto pasó hace cuatro días, el domingo pasado. Era por la tarde. Había salido a pasear por el bulevar hacia Cişmigiu. Y, de pronto, oigo que alguien grita a mis espaldas: «¡Dayan, Dayan!» Me paré y volví la cabeza. Suponía que sería algún conocido. Pero era un caballero viejo, muy viejo, de barba blanca, extrañamente vestido con un caftán largo y más bien andrajoso. «¿No es así como te llaman tus amigos y compañeros, Dayan?», me preguntó. «Es cierto. ¿Y usted cómo lo sabe?» «Es una historia larga y a vosotros, los jóvenes de hoy, ya no os interesan las historias. Pero debes saber que hasta Moshe Dayan lleva el parche en el otro ojo. Si quieres parecerte a él, tienes que cambiártelo. Ven, sentémonos en este banco y te lo cambio en un santiamén.» Creía que bromeaba y le pregunté riendo: «Ya que tiene ese poder, ¿por qué no me pone el ojo en su sitio?» «Eso no puedo hacerlo», me dijo.

De pronto, una llamarada rojiza hendió el cielo y Orobete se calló durante unos segundos esperando a que se apagaran los ecos del trueno.

El decano se movía inquieto en su sillón.

–¿Y qué más? –preguntó impaciente–. ¿Qué pasó?

–«Eso no puedo hacerlo porque no se me permite hacer milagros», me respondió. Estaba empezando a tener miedo y le pregunté quién era. «Aunque te dijera quién soy, te quedarías igual, porque la juventud de hoy ya no lee a Eugenio Sue.» «¡*El judío errante!* Yo sí que lo he leído. Fue hace mucho tiempo. En la aldea de mis abuelos!» «En Strândari», me interrumpió el viejo. «Lo leíste escondido en el granero comunal y lo terminaste la mismísima noche de San Juan. Leíste la última página en los últimos minutos, cuando aún se podía descifrar la letra impresa sobre ese papel tan malo de antes de la Primera Guerra Mundial.»

–¿Qué estás diciendo? –exclamó sorprendido Irinoiu–. ¿Fue así? ¿Lo leíste así?

–Justamente como me lo describió él. La última página con gran dificultad porque el granero estaba oscuro y el papel era francamente malo. Era la maculatura en la que se imprimían antes de la guerra las novelas por entregas. Ahora sí me dio miedo de verdad. Me quedé de una pieza. Me cogió de la mano y me hizo sentarme en el banco a su lado. «Casi no tengo derecho a descansar», me dijo. «Pero una vez cada diez o quince días, los de arriba hacen la vista gorda… Hace años que no me he sentado en un banco. Cuando quiero reposar busco una cama o me tiendo en alguna galería o, si hace calor, en la arena.» Y mientras hablaba me quitó, sin que yo me diera cuenta, el parche del ojo. Después no me acuerdo bien de lo que pasó. Me parecía estar soñando.

La descarga sonó muy cerca y el joven se calló de nuevo. Irinoiu volvió a mirar irritado a la ventana.

–Me parecía estar soñando y no alcanzaba a comprender lo que me estaba sucediendo porque me decía a mí mismo que en los sueños todo era posible. Recuerdo que se mojó el dedo con la lengua y lo pasó varias veces, con sumo tiento, por la herida. Luego me colocó el parche en el otro ojo y sonrió. «Ahora sí que te pareces a Moshe Dayan. ¿Y no es cierto que ves mejor con el ojo derecho?» Realmente veía mejor pero no me atrevía a alegrarme. No podía creerlo. Todo parecía un sueño. Y estaba tan aturdido que ni siquiera me percaté de cuándo se levantó de mi lado. Yo permanecí en el banco tratando de ajustarme bien el parche. No estaba acostumbrado a llevarlo en la parte izquierda. Me molestaba, habría debido arreglármelo frente al espejo. Me levanté y justo entonces caí en la cuenta de que ya no estaba allí. Lo busqué con la mirada calle arriba y por la otra acera. Había desaparecido. Así que llegué a casa, me quité el parche frente al espejo…

Se detuvo cegado por la llamarada de un relámpago. Al momento, una descarga sacudió largamente las ventanas.

Irinoiu se levantó súbitamente de la mesa y comenzó a pasear con zancadas largas y rápidas. Ya no trataba de esconder su irritación.

–Ha sido por aquí cerca –dijo el joven.

Una ráfaga de granizo golpeó las ventanas y pronto la tormenta se intensificó.

–Mira lo que te digo, Constantin Orobete –explotó repentinamente el decano con furia apenas contenida–. Todo eso del judío errante, los juegos malabares con el dedo mojado de saliva y el cambio de sitio del parche, no me interesa. Si no te conociera y no supiera que eres huérfano, que tu padre fue hojalatero y tu madre lavandera, y si no supiera que has sido el número uno ya desde que ibas a la escuela primaria y que el camarada ingeniero Dorobanţu se hace lenguas de ti, de tu talento para las matemáticas…

Se detuvo en medio de la habitación con una mano metida en el bolsillo y gesticulando nervioso con la otra esperando el estallido del trueno.

—Si no supiera todo eso, te denunciaría por oscurantista, supersticioso y místico. Pero la historia me parece mucho más sospechosa. Por el momento no voy a tomar cartas en el asunto. No voy a dar parte. Pero desde mañana acudirás a la facultad como fuiste admitido y como consta en el expediente, con el parche en el ojo derecho.

—¡Pero le juro que fue así como ocurrió! Si me pongo el parche en el ojo derecho se quedará la herida del ojo izquierdo al descubierto y no veré nada.

—¡Por la cuenta que te trae! —lo interrumpió Irinoiu aún más encolerizado—. Si mañana no te presentas conforme al certificado médico oficial, daré cuenta donde corresponda. Y te lo advierto desde ahora, no cuentes conmigo en la investigación. ¡Yo siempre digo la verdad!

2

Lo vio a lo lejos y echó a correr pero pronto sintió que el corazón se le saltaba y tuvo que detenerse. A los pocos momentos reemprendió la carrera a grandes zancadas apretándose el corazón con la mano derecha, como si confiara en calmar los latidos. Cuando se acercó le gritó a sus espaldas:

–¡Señor! ¡Señor israelita! ¡Señor!

Un transeúnte volvió asombrado la cabeza y sonrió; después, para ocultar la risa se llevó la mano a la boca y cruzó la calle hasta la otra acera.

Con un gran esfuerzo, apretándose el corazón con la mano, Orobete aceleró aún más el paso. Cuando estuvo a unos pocos metros de él comenzó de nuevo a gritar.

–¡Señor israelita! ¡Señor judío errante!

El viejo se detuvo y volvió sorprendido la cabeza.

–¡Dayan! ¿Qué haces aquí? Yo iba a la universidad. Suponía que te encontraría allí.

–Me han expulsado –dijo Orobete sin apartar la mano del corazón–. Es decir, no es que me hayan expulsado definitivamente, pero no me dejan entrar en clase hasta…

Se calló. Tenía la respiración entrecortada pero, no obstante, consiguió sonreír.

–Le ruego que me perdone pero me palpita enormemente el corazón, como si estuviera a punto de estallar. Esto no me había pasado nunca.

–Ni te pasará más –dijo el viejo.

Extendió el brazo y lo tocó levemente en la espalda y después en el pecho.

Orobete suspiró profundamente y su respiración se volvió rápida y precipitada, como si la hubiese estado conteniendo largo tiempo.

–¡Se me ha pasado! –suspiró aliviado.

–Tenía que pasársete pues si llega a durar dos o tres minutos más, te caías desmayado en plena calle y, hasta que llegara un equipo de socorro, Dios sabe lo que podría haber pasado. Como ves, pagamos los dos. Yo he desandado mi camino para que se te haga justicia, y tu corazón diríase que presentía lo que le esperaba.

Se interrumpió y le tocó el brazo.

–Ea, vamos, que de todas formas, cualquier metáfora que utilizara no la ibas a entender. Y voy a darte un consejo: no hables, no preguntes. Deja concentrarse el Tiempo entre nosotros. Si es cierto que tienes talento para las matemáticas, como dicen, comprenderás esa virtud del Tiempo de concentrarse y dilatarse según las circunstancias. Así pues, no preguntes. Pero cuando te haga alguna pregunta, contéstame. Quiero tener la seguridad de que me has entendido.

Se detuvo frente a una casa construida, por las trazas, a fines del siglo pasado.

–¿Sabes por casualidad quién vive aquí?

–No.

–Yo tampoco. Entremos. A lo mejor encontramos alguna habitación aislada donde podamos charlar con tranquilidad.

Abrió el portón de hierro y como el joven vacilaba y no se atrevía a entrar, lo cogió del brazo y tiró de él. Atravesaron rápidamente los pocos metros que los separaban de lo que parecía ser la entrada de servicio. Una vez frente a la puerta, el viejo apretó brevemente el botón del timbre y, sin aguardar respuesta, giró el picaporte y entró.

–¡No me gusta! –dijo después de pasear la mirada por todo el recinto.

Se encontraban en el extremo de un gran salón rectangular, bastante bien conservado, pero sin alfombras y con un mobiliario sorprendentemente escaso. Las dos ventanas a derecha e izquierda de la puerta estaban ocultas por cortinajes de color granate, pero las otras ventanas, a unos metros de distancia, hacia el centro del salón, no tenían cortinas, de suerte que penetraba a sus anchas la luz de un mediodía de mayo.

–No me gusta –repitió el viejo–. Cualquiera diría que los dueños no han logrado vender todos los muebles.

Echó a andar con paso firme, asombrosamente joven, llevando de la mano a Orobete.

–No tengas miedo. No nos va a pasar nada porque no hemos entrado aquí con malas intenciones.

El joven volvía repetidas veces la cabeza hacia atrás o a las ventanas, frente a las cuales creía distinguir a intervalos la sombra de algún transeúnte. Y, precisamente cuando se disponía a volver otra vez la cabeza a las ventanas, advirtió que estaba cruzando, llevado de la mano por el viejo, otra estancia en la que no sabía cuándo había entrado. Diríase que era un comedor un tanto vetusto, pero que en ningún caso parecía formar parte del mismo edificio del salón.

–¡No! –dijo el anciano–. Esto no es lo que buscamos–. Vamos a probar a la otra parte del jardín.

Al momento bajaron por una escalera de piedra a un pequeño parque con una fuente en la que Orobete distinguió algunos peces nadando soñolientos bajo los nenúfares. Estaba tan asombrado que volvió la cabeza dispuesto a preguntar.

–Ya veo que te gusta mucho Pushkin –le dijo el viejo–. Llevas en el bolsillo su libro de cuentos y, además, en versión original.

–Aprendí el ruso para leer a Pushkin –dijo Orobete ligeramente cohibido–. Pero, si no le importa, permítame hacerle una pregunta.

–¡*La hija del capitán*! –exclamó el viejo con sonrisa melancólica–. Me acuerdo ahora de aquella noche en San Petersburgo, cuando un estudiante entró como una exhalación en la posada en la que me hospedaba y gritó: «¡Ha muerto Pushkin! ¡Lo han matado en un duelo!» Después se tapó la cara con las manos y rompió a llorar.

–Eso estuvo a punto de pasarme a mí cuando leí su biografía y me enteré.

–¡Pon atención, no vayas a resbalarte! –lo interrumpió el viejo apretándole el brazo con fuerza–. Deben de haber encerado el suelo para el baile de la semana que viene porque, aquí, nos encontramos en vísperas de carnaval.

Estupefacto, Orobete miró a su alrededor tratando de entender dónde se hallaba, pero caminaban tan de prisa que no descubría sino fragmentos de un decorado que parecía cambiar de un momento a otro.

–Si no le importa…

–¡El gran, el genial poeta romántico Pushkin! ¡*La hija del capitán*! Estoy seguro de que la habrás leído cinco o seis veces. ¿Te acuerdas de aquel pasaje en el que uno de los personajes explica por qué el oficial ruso *tenía* que jugar al billar?

–Me acuerdo muy bien porque me dejó pensativo y me entristeció. Puedo recitárselo en ruso pero prefiero hacerlo en rumano, traducido por mí.

–Te escucho –dijo el viejo con voz grave, parándose en medio de la habitación.

Era una estancia bastante espaciosa pero con unos techos anormalmente bajos y con las paredes oblicuas, como si fuera una buhardilla. Una luz triste y macilenta penetraba por unos ventanucos ovales.

–«Cuando, por ejemplo, durante unas maniobras, se llega a algún poblachón triste y mísero, ¿qué se puede hacer para matar el tiempo? No puede uno estar siempre dándoles palizas a los judíos. Quiera o no, acaba en la posada jugando al billar.»

–Exacto. Así era en otro tiempo en Rusia. Y las cosas no han cambiado mucho hoy. Pero, en el fondo, eso lo dice un personaje de Pushkin.

–Eso pensé yo. Pushkin no, sino uno de sus personajes. Además, un personaje antipático. Pero quería preguntarle…

–Lo sé –le cortó el viejo cogiéndolo del brazo–. Y te contestaré en cuanto encontremos un sitio tranquilo donde podamos conversar con calma. Pero salgamos de este laberinto. Como ves, casas que existieron antaño y que se quemaron o se demolieron y, en su lugar, construyeron otras casas pero planificadas de modo diferente, de tal manera que unas veces nos encontramos en un bulevar y otras en un jardín. Como ahora. Este parque pertenecía a un ricachón. Ahí, al fondo, tenía un invernadero y, a ambos lados, se extendían rosales. Figúrate lo que era este jardín desde comienzos de mayo hasta mediados de octubre. Pero ahora, en vísperas del invierno…

Orobete se dio cuenta de que caminaba por una alameda flanqueada de árboles altos y sin hojas y sentía bajo las plantas de los pies la gravilla húmeda y muy fría.

–Un boyardo asquerosamente rico –prosiguió el viejo–. Decían que tenía noventa y nueve criados. Y no todos eran siervos, pues se había traído del extranjero cocineros, lacayos y jardineros expertos. También decían que siempre tenía invitados en invierno y en verano, pero nunca más de una docena porque no le gustaba el bullicio.

Cuando llegaron al final de la alameda, el viejo abrió la puerta y lo invitó a entrar en lo que parecía ser una especie de galería. Orobete vaciló.

–Es curioso que hasta ahora no hayamos visto ni un alma, que no hayamos oído siquiera la voz de ningún niño.

El anciano le posó la mano en el hombro.

–¿Cómo podrías verlos, Dayan, cómo podrías oírlos? Los que en otro tiempo vivieron en estas casas hace mucho que están muertos. Los más jóvenes murieron a fines del siglo pasado.

Orobete se estremeció y se le quedó mirando. Parecía asustado.

–¿Y los otros? Sus hijos, quienes los reemplazaron.

El viejo negó con la cabeza sonriendo tristemente, como si tratara de esconder su desilusión.

–Un genio de las matemáticas como tú nunca debía haber formulado semejante pregunta porque carece de sentido. *Los otros*, los que todavía viven, habitan en sus casas que, a veces, da la casualidad de que son algunas por las que hemos pasado nosotros. Pero como sabes muy bien…

–¡Así pues…! –exclamó Orobete palideciendo–. ¡Así pues…!

El viejo lo miró con curiosidad, sonrió y lo cogió nuevamente de la mano.

–Yo creía que lo habías entendido ya. Pero ahora, hay que darse prisa, tenemos que salir del invierno.

3

El joven se dejó llevar sin mirar nunca a su alrededor. A veces, se sorprendía pensando en esa fabulosa ecuación que, desde hacía tantos meses, no lograba resolver.

–¡Presta atención, Dayan! Si te pierdes en tus sueños te costará muchos años encontrar la salida.

–No dormía ni tampoco tengo sueño –respondió Orobete ruborizándose–. Pensaba en el quinto teorema. Si lo comprendiera, comprendería lo que me está pasando *ahora*.

–Ya lo comprenderás, y sin ayuda del teorema. Pero tenemos que darnos prisa.

Siguieron caminando, según su impresión, cada vez más de prisa. Atravesaron una serie interminable de estancias débilmente iluminadas cuyos contornos no podía distinguir. En seguida penetraron en un salón con muebles de inusual elegancia, con tapices y espejos venecianos. Se pararon ambos frente a una ventana alta y grande, como la mitad de la pared.

–¡Mira ahora![1] –exclamó el viejo–. ¡Mira ahora! ¡El sol! Dentro de unos segundos se pondrá sobre el lago.

–¡Se está poniendo el sol! –murmuró Orobete repentinamente emocionado–. Y se diría que no es el mismo sol que el nuestro.

1. En español en el original *(N. del T.)*.

–Es el aspecto que presenta por estos lugares a fines de octubre. No necesito ninguna calculadora para saber cuántas veces he contemplado la puesta de sol. La leyenda diría que desde hace mil novecientos y pico de años. Conque saca la cuenta. Pero, en realidad, son más, *muchos más*.

Le cogió la mano y lo llevó hacia una puerta entreabierta.

–¿Por qué te cuento todo esto precisamente a ti, que luchas contra la «astucia del Tiempo», contra *List der Zeit*, por parodiar la expresión de Hegel, *List der Vernuft*, la famosa «astucia de la Razón»? Fíjate en esta puerta entreabierta. No vamos a entrar porque la habitación contigua no se halla en nuestro camino. Pero desde sus ventanas no se ve nunca la puesta de sol. Y precisamente ese detalle, aparentemente baladí, *que desde ahí no puede verse nunca la puesta de sol,* ha constituido durante mucho tiempo un gran misterio. Ya sabes lo que quiero decir con la palabra «misterio». Una tragedia rematada con un delito, pero tan misteriosa, tan hábilmente camuflada, que nadie ha podido sospechar nada.

–Como en un cuento fantástico escrito por un poeta genial. Me gustaría oírlo.

–Y a mí me gustaría contártelo algún día pero, al ritmo que vamos, necesitaría varios días. Dejémoslo tal y como quedó para todos los que vivían en aquel tiempo: un suceso absolutamente inexplicable.

Caminaban ahora más de prisa que nunca. Al cabo de un rato, Orobete empezó a cansarse y, sin querer, aminoró el paso.

–Sé todo lo que querías preguntarme desde que nos conocimos. Querías preguntarme *si es verdad*… Y no sé muy bien qué respuesta darte. En otros tiempos, Dayan, cuando a los hombres les gustaban las leyendas y, sin darse cuenta, por el solo hecho de escucharlas con seriedad y con gusto, descifraban muchos misterios del mundo (aunque tampoco ellos sospecharan lo mucho que aprendían y descubrían oyendo o contando fábulas y leyendas), en otros tiempos, digo, creían que yo era Ahasverus, el Judío errante. Y, en efecto, mientras los hombres tomaron en serio mi historia, eso es lo que era, el Judío errante. No estoy tratando de explicarme ni de justificarme. Pero si me he quedado entre vosotros tanto tiempo, eso tiene un sentido; un sentido profundo y terrible. Y el día del juicio, os juzgarán a todos los de esta parte del mundo, seáis cristianos, judíos, escépticos o no creyentes, por lo que hayáis *comprendido* de mi historia.

En ese momento se dio cuenta de que se habían detenido en una habitación pobremente amueblada con una cama de hierro y una mesa vieja de madera sobre la que había un quinqué.

–Y como ya has descansado, tenemos que darnos prisa. Está oscureciendo.

Lo agarró del brazo y lo llevó a remolque. Efectivamente, el día declinaba a medida que avanzaban. Pero Orobete no lograba averiguar si estaba oscureciendo de verdad o si la penumbra se debía a los cortinajes que había a un lado y otro de lo que parecía ser una galería sin fin.

–Para que no vuelva a tentarte el teorema, te contestaré a la otra pregunta que ibas a hacerme cuando te vi en el bolsillo el libro de Pushkin. Querías preguntarme cuánto tiempo seguiré vagando por el mundo sin descansar. Eres perfectamente consciente de que eso es lo único que deseo: dado que soy mortal, poder morir un día, como todos los hombres.

Se detuvo en seco y lo sacudió del brazo.

–¡Vamos, Dayan! ¡Olvídate de Einstein, olvídate de Heisenberg! Óyeme lo que te digo. Porque bien pronto sabré si has entendido o no el porqué contesto *sólo ahora* a tus preguntas.

–Le escucho –murmuró intimidado Dayan–. Pero si no entiendo el principio del axioma, no entenderé lo que sigue.

–Haz un esfuerzo de imaginación y lo entenderás. Pero antes de nada, recuerda la *leyenda*. Olvida que se trata de *mi* leyenda. Acuérdate de lo que *dice* la leyenda. Dice que me consentirán descansar, o sea, morir, al fin del mundo, un poco antes (pero ese poco, ¿cuánto es?) del Juicio Final. Comprenderás entonces que

desde hace casi dos mil años no haya habido hombre que deseara tanto como yo lo deseo el fin del mundo. ¡Imaginarás con qué
impaciencia esperaba el *milenio*, el año 1000! ¡Con qué fervor
recé la noche del 31 de diciembre de 999! Después, recientemente, tras las últimas explosiones termonucleares, volví a co-
brar ánimos. Escúchame bien, Dayan, ya que de ahora en adelante se tratará de ti.

–Lo escucho. Hablaba de…

–Hablaba de las últimas explosiones termonucleares. Todo el
mundo habla de ellas pero, para mí, las bombas de hidrógeno y
de cobalto representan la última «esperanza». (Habrás notado
que he puesto la palabra entre comillas porque se trata de algo
completamente distinto. Y, ya que he abierto este paréntesis, tienes que acostumbrarte, Dayan, a adivinar un nuevo lenguaje en
las palabras de la vida cotidiana. Creo que aprenderás rápidamente este «juego», juego en apariencia, porque eres matemático y, encima, te encanta la poesía. Y, ahora, cierro el paréntesis.)

–Le escucho –dijo Orobete cuando el viejo se calló y aminoró el paso–. Creo que entiendo lo que quiere decir.

–Y trata de no volver a pensar en el quinto teorema porque
estamos empezando a bajar y ahora que se ha hecho de noche…

–¿Estamos bajando? –preguntó sorprendido Orobete mirando
a su alrededor–. Parece al revés.

Aunque se hallaban casi a oscuras, tenía la sensación de estar
subiendo una cuesta suave, ligeramente inclinada a la derecha.

–¡Pon atención! –gritó el viejo, agarrándolo con fuerza del
brazo–. Dos pasos más y llegaremos a la escalera. Los peldaños,
aunque son de piedra, están desgastados por el tiempo.

–¡Sí, es cierto! –dijo Orobete al notar bajo sus pies el primer
escalón de piedra–. No se preocupe que no me resbalaré. Estoy
acostumbrado a subir y bajar escaleras a oscuras.

Sin embargo, no tenía la impresión de estar bajando, sino de
estar avanzando por un terreno llano, de pisar por losas de piedra,
como en un túnel.

–Y, ahora, escucha la continuación. No puedes saber que el día 21 de abril de 1519, un viernes santo, Hernán Cortés hincó el estandarte de la cruz en suelo mexicano, en el lugar en que más tarde se construyó la ciudad de Veracruz. Tampoco puedes saber que el 21 de abril de 1519 correspondía en el calendario azteca al último día del período de la Felicidad (lo llamaban «era del cielo»). Ese período había durado trece ciclos de cincuenta y dos años cada uno. Y también el día 21 de abril de 1519 marcaba el comienzo del período Infernal. Óyeme con atención, Dayan, porque, te lo repito, ¡se trata de ti!

–Le escucho, y sin embargo…

Orobete se calló de pronto, como si le hubiese dado miedo continuar.

–¡Di, di!

–Y, sin embargo, ¡no estamos bajando!

–Con otras palabras, *eppur si muove!* Pero en esta ocasión te has engañado, Dayan. Te darás cuenta tan pronto salgamos a la luz. Si tuvieses el talento de Galileo, creerías en lo que te demuestra la razón, no en lo que te dicen los sentidos.

–Es cierto, pero eso precisamente es lo que me inquieta, que no consigo identificar la *razón*. Hasta que no comprendo un axioma, no sé librarme de la ilusión de los sentidos. Le confieso honradamente que no tengo la impresión de haber bajado o de estar bajando, sino de estar caminando por un túnel oscuro. Diría más bien que estamos subiendo.

–¿Quién lee ya hoy la *Epopeya de Ghilgamesh?* –preguntó el viejo.

Orobete se detuvo azorado.

–Conque sabe que la he leído…

–Lo sé.

–La leí porque no podía dormir más de cuatro o cinco horas por las noches y ya tarde, después de las doce.

–Voy a decirte lo que pasa después de la medianoche. No puedes pensar, como te gusta decir a ti, ya no puedes pensar «las matemáticas» (comillas) y te vuelves a tu primer amor, a la poesía.

–Es verdad, pero nadie lo sabe.

–Ni tiene que saberlo. Hiciste muy bien encerrando los libros de poesía en el cofre azul.

–Es todo lo que me ha quedado de mi madre. El cofre del ajuar.

–Ya lo sé. Pero no cupieron todos los libros. Otros libros de poesía los escondiste detrás de los diccionarios, en la estantería. Los libros que encontraste por las librerías de viejo o que compraste muy baratos a antiguos compañeros. Así fue como compraste *La Epopeya de Ghilgamesh*, en traducción de Contenau, creyendo que era una epopeya propiamente dicha, como las de Homero y Virgilio.

–¡Extraordinario! –murmuró emocionado Orobete–. ¿Cómo sabe usted todo eso?

–Ya lo sabrás más tarde. Pero cuando, hace un momento, me dijiste que caminábamos «como por un túnel», te acordaste del camino de Ghilgamesh bajo tierra. Ya sabes, cuando se marchó Ghilgamesh a buscar a Utnapishtim para que le comunicara el secreto de la inmortalidad y llegó frente a la puerta por la que bajaba diariamente el sol en el ocaso, y había dos hombres escorpión custodiando la puerta.

–Quienes, sin embargo, le franquearon la entrada porque reconocieron en él al hijo de la diosa Ninsun, engendrado con un mortal. Ghilgamesh penetró en el túnel (el camino que recorría el sol cada noche) y caminó así durante doce horas, hasta llegar a la otra parte de la montaña, a un jardín paradisiaco.

–A nosotros no nos llevará tanto tiempo. Pero si, hace un momento, en lugar de rendir fe a tus sentidos o de buscar la solución de los axiomas hubieses dejado que tu imaginación acompañara a Ghilgamesh en el túnel, habrías comprendido que, exactamente igual que el héroe mesopotamio, estábamos descendiendo por debajo de la tierra.

–Es verdad.

–Pero quizá sea culpa mía pues ¿por qué habría de interesarte a ti, joven matemático de talento, en el año 5733 de la creación del mundo, la esperanza de un personaje legendario como Ahasverus?

—Me interesa pues, tal y como me ha advertido usted en varias ocasiones (y yo no entendía o simulaba no entender), la «esperanza» de usted (vea, maestro, que también yo estoy empezando a poner comillas) también afecta directamente a mi destino. Y no sólo al mío.

—Despacio, despacio, te encontrarás como fuiste desde siempre. Por eso quiero concluir rápidamente. El día 21 de abril de 1519 marcaba no sólo el fin de la era de la Felicidad, sino también el principio de la Infernal que, según los cálculos de los visionarios aztecas, duraría nueve ciclos de cincuenta y dos años cada uno, o sea, cuatrocientos sesenta y ocho años. Si esa profecía se cumpliera, el año 1987, saca la cuenta, 1519 más 468 años, 1987 significaría el fin de la era Infernal. Eso podría significar el fin de nuestro mundo y para mí puede significar...

—Es cierto. Pero todo depende del lenguaje en el que pueda entenderse y traducirse la profecía de los visionarios aztecas.

—¡Bravo! Ya que me has llamado «maestro» te diré que has aprobado un examen, aunque no el más difícil. Y ahora, ya hemos llegado al final del túnel.

4

Se dio de bruces con una luz tan viva que no le pareció natural. Se llevó la mano a la frente y después se la pasó lentamente por ambas mejillas.

–¡Estoy un poco cansado y tengo mucha sed!

–Bien, como ves, nos dirigimos a dos manantiales –dijo el anciano.

Extendió el brazo y señaló, a no mucha distancia, dos manantiales que corrían silenciosamente entre chopos y nardos.

–Pero pon mucho cuidado. No bebas sin ton ni son, ni bebas demasiado.

Orobete se dirigió apresuradamente, casi corriendo, hacia el bosquecillo. Se arrodilló frente al primer manantial y empezó a beber con avidez en el hueco de las manos.

–¡Dayan! –oyó a sus espaldas–. Has elegido bien, pero no bebas tan de prisa.

Orobete levantó la cabeza y respondió sonriente:

–Eso ya lo sabía yo, maestro. Lo sabía desde que empecé a hacer montañismo en los Cárpatos. Que no hay que beber nunca en ningún manantial que esté a mano izquierda. ¡Tenía tanta sed! Y a pesar de todo...

De pronto, vio al viejo a su lado y se levantó.

–Y, a pesar de todo, me han bastado dos sorbos.

El viejo lo miró con curiosidad, escrutador, como esperando a

137

que dijera algo más. Seguidamente le mostró un banco escondido a la sombra de unos cipreses.

–Mira, ése es el banco que estaba buscando.

En esta ocasión no lo cogió del brazo sino que echó a andar él solo adelante. Orobete lo seguía en silencio. Sin darse cuenta, una ancha sonrisa le iluminaba todo el rostro.

–¿Por qué me ha engañado, maestro? –preguntó tímidamente una vez sentado en el banco–. En aquella habitación con la puerta entreabierta no pasó nada. Ni dramas ni crímenes. Era una habitación de tantas, sin ningún misterio.

–Desde luego que así era. Pero no he querido engañarte. No era más que una adivinanza, el más simple de los enigmas.

–¿Por qué me dijo entonces que el boyardo tenía noventa y nueve criados? Sólo tenía unos cuantos siervos gitanos, dos gañanes de la finca y un jardinero vienés..., que se fue un buen día porque el boyardo se arruinó y estuvo un año sin pagarle.

El viejo lo miró con más afecto que nunca.

–Dayan, noventa y nueve es una cifra mística. Y no intentes analizarla con tus artilugios matemáticos. He querido enseñarte el juego, es decir, a que te acostumbres a comprender *in situ* el lenguaje oculto bajo la lengua de todos los días.

–«El lenguaje oculto» –dijo sonriendo Orobete–. *Parlar cruz*, como lo llamaban aquellos misteriosos *Fedeli d'amore* provenzales, italianos y franceses. Hace mucho que leí algo sobre ellos y ahora lo recuerdo muy bien.

El viejo lo cogió del brazo y lo miró decepcionado.

–¿Lo recuerdas porque has leído sobre ellos? ¿Sólo eso? ¡Haz un esfuerzo, Dayan! Recordarás otras muchas cosas de las que no has leído nunca nada.

Orobete, emocionado y mirando adelante, se pasó repetidamente las manos por la frente.

–Si recordara el verbo... Podría hablar en árabe si recordara el verbo.

—Olvídate del árabe —dijo el viejo sacudiéndole el brazo—. No te va a hacer falta.

—Me acuerdo de tantas cosas que me pierdo… Me acuerdo de muchos acontecimientos, de mucha gente. De gente que tengo la impresión de haber conocido antaño, sin embargo…

—Haz un esfuerzo y *olvida* el resto. Recuerda solamente lo esencial, lo que un día entendiste que era *lo esencial*.

Orobete volvió a frotarse la frente.

—Tantas cosas me parecen *esenciales*. Tantas otras cosas…

—¡Olvídalas, *olvídalas*! No te dejes abatir por todo lo que te ha sucedido en tu época porque te volverás a extraviar. La memoria puede ser tan fatal como el olvido. ¡Haz un esfuerzo! Piensa, distingue y elige. El resto déjalo a un lado. Convéncete *de que no te interesa* y ya verás como todo se retira adonde estaba antes, al mismo sueño del olvido.

—¡Eso hago! ¡Eso hago! —repitió Orobete con voz apagada y extraña, como si pugnara por salir de un sueño—. Elijo, dejo a un lado.

—Hazte la pregunta adecuada, la única que te interesa. Recuerda lo esencial. Antiguamente, habrías corrido el riesgo de que te quemaran por hereje, pero en la actualidad…

—¡Jacques de Baisieux! —exclamó con ardor Orobete volviendo bruscamente la cabeza hacia el viejo—. Y todo lo que escribía en el tratado *C'est des fiez d'Amours*…

—¡Concéntrate! —lo incitó el viejo al ver que titubeaba—. No te dejes tentar por otros recuerdos. ¡Lo esencial!

—Claro —dijo Orobete con voz firme—, lo esencial era antiguamente la significación secreta de la palabra *amor*.

—Era antiguamente y lo sigue siendo hoy —precisó el viejo.

Orobete sonrió y comenzó a recitar:

> *A senefie en sa partie*
> *Sans, et* mor *senefie mort*
> *Or l'asemblons, s'aurons sons mort.*

–Por supuesto, ése era el mensaje, la revelación secreta –dijo el viejo–. «El amor», el *auténtico* amor es lo mismo que «la inmortalidad».

–Pero hasta ahora –dijo Orobete desilusionado, como si se despertara bruscamente de dormir–, mis únicos amores han sido la poesía y las matemáticas.

–Tal vez una y otra no sean sino los rostros de la inefable *Madonna Intelligenza*. Hasta ahora, no has podido elegir mejor: la sabiduría, que es a la vez Mujer eterna y la mujer a la que amarás. Pues, no te preocupes, aún eres muy joven y tienes todo el tiempo por delante.

Orobete sonrió melancólico.

–Antes del accidente me decían «Príncipe Azul de ojos llorosos», porque una de las hijas de mi patrona me vio cierto día en el cementerio llorando delante de la tumba de mi madre. Después del accidente, me llaman Dayan.

–Los caminos del Señor son impenetrables. Eso deberías saberlo hace mucho tiempo... Y, ahora, como ya te has recobrado del todo, pregunta sin miedo. Desde que calmaste la sed, estás devanándote los sesos con algunas preguntas.

–Primero y principal, me gustaría saber si *es verdad*...

El viejo sonrió indulgente y le puso la mano en el hombro.

–De eso te darás cuenta nada más separarnos. ¡Venga, pregúntame sin miedo! –añadió al ver que el silencio se prolongaba.

Repentinamente decidido, Orobete se levantó del banco y lo miró.

–*¿Por qué tengo que volver?*

El viejo no le contestó; parecía esperar a que continuara.

–En cierto sentido –dijo al fin–, debería decirte que la pregunta me ha decepcionado. Siéntate aquí, a mi lado.

Orobete obedeció, cabizbajo.

–¿Dónde vas a volver, Dayan, si no te has marchado? ¿Cómo podrías marcharte antes de llegar a ser lo que eres, el más genial de los matemáticos vivos?

–Pero, en ese caso, la historia de la habitación con la puerta entreabierta podría llegar a ser verdad.

El viejo sonrió melancólico y volvió a posarle la mano en el hombro.

–En este caso podría contestarte con tus propias palabras, cuando te conté la profecía de los visionarios mexicanos: que todo depende del lenguaje en que pueda entenderse y *traducirse* la historia de la habitación con la puerta entreabierta.

Orobete permaneció pensativo un instante y, de pronto, se serenó.

–¡Así es! Tendría que haberlo entendido desde el principio. Pero aún no me he habituado a pensar y a hablar siempre en *parlare cruz*.

–Ya te acostumbrarás pronto, muy pronto, en cuanto te encuentres con el decano, con los profesores y con tus compañeros. Y, ahora, vamos a conversar un poco, que aquí no nos molestará nadie. Y esta vez hablaremos con el lenguaje de todos los días, como hablabas hasta hace poco en Bucarest.

Permanecieron callados un rato, sin mirarse.

–No tengo derecho a descansar mucho tiempo –dijo el viejo–. Además, tan pronto se ponga el sol tendremos que separarnos. Pero, volviendo a la injusticia que te han hecho…

–Eso ya no importa.

–Toda injusticia importa. Además, fue culpa mía. Tenía que haber tenido en cuenta la maldad de los hombres. En el fondo, si a tus dos compañeros no les hubiese roído la envidia, nadie se habría percatado. En otoño, gracias a tus veinticinco páginas sobre el teorema de Gödel, habrías alcanzado el doctorado, tu estudio habría producido sensación en todo el mundo, te habrías hecho célebre y ¿quién se habría atrevido, incluso en un país como el tuyo, a preguntarle a una celebridad si había perdido el ojo derecho o el izquierdo?

–No tiene importancia.

–Eso lo dices porque *ahora* estás entusiasmado por lo que has recordado y has descubierto. Te parece, y con mucha razón, que es mucho más importante que la crítica del teorema de Gödel. Pero, óyeme bien, porque, como te he dicho, *ahora estamos hablando en el lenguaje de todos los días*. Antes de que a Gödel y a los otros les lleguen referencias de tu talento, habrás de convencer al decano de que ha hecho la sandez más grande de su vida.

Orobete se echó a reír, pero momentos después cortó la risa y se llevó avergonzado la mano al rostro.

—Muy bien, ya te has despertado del todo y has encontrado tu modo habitual de pensar y de comportarte. Así pues, te lo repito, habrás de convencer al decano...

—Será difícil. Lo conozco bien; no entiende nada, ni siquiera una ecuación de segundo grado. Lo nombraron decano por razones políticas. Y no sólo es un ignorante, además es tozudo. Nunca da su brazo a torcer salvo que reciba una orden de arriba.

—En eso estaba yo pensando. No está en mi mano deshacer lo que he hecho. Te quedarás siempre como ahora, parecido a Moshe Dayan, hasta el fin de tus días. Pero hay más posibilidades. Por ejemplo, una orden de arriba.

—¿Pero cómo? —lo interrumpió Orobete con una triste sonrisa—. Yo no tengo padrinos. Excepto a mis profesores, no conozco a nadie más.

El viejo levantó los ojos al cielo.

—Pronto se pondrá el sol —dijo lentamente, pensativo—. Tenemos que darnos prisa. Mañana a la tarde, el secretario de Gödel, en Princeton, encontrará en su despacho tu demostración. Le llevará buena parte de la noche entenderla, pero en cuanto lo consiga, correrá a comunicárselo al maestro. De este modo, pasado mañana por la mañana, todos los grandes matemáticos y logicistas de Princeton *se enterarán*. A las veinticuatro horas o, a lo sumo, cuarenta y ocho, te llamarán por teléfono.

—No tengo teléfono.

—No te llamarán a ti, sino a la embajada norteamericana y a la facultad. Porque, si entienden tu demostración, y yo creo que

Gödel y dos o tres más sí que la entenderán, se asustarán. Y te aseguro que esta vez no se volverá a repetir el caso de Einstein ni el de Heisenberg. Ya sabes a lo que me refiero.

–Sí, lo sé.

–De modo y manera que tienes que resistir tres días o, como mucho, cuatro.

Se levantó de repente del banco y, cogiéndole las dos manos, le dio un largo y cálido apretón.

–Y ahora hemos de separarnos. Acuérdate de lo que escribió Francesco de Barberino: *sed not omnia omnibus possunt glossari.*

–«No todo lo que he hecho se le puede explicar a todos.»

–Exactamente. ¿Sabrás volver a tu casa?

–Sí, maestro –respondió Orobete conteniendo a duras penas la emoción–. No está lejos.

5

Vio un coche estacionado frente a su casa pero no le prestó ninguna atención. Acababa de sacar la llave y se disponía a abrir cuando un miliciano surgió junto a él y le puso la mano en el hombro.

–¿Es usted Constantin Orobete, estudiante de la Facultad de Matemáticas? –preguntó en tono seco e indiferente.

–Sí, soy yo. Pero…

–Haga el favor de acompañarme –lo interrumpió el miliciano–. El camarada decano Irinoiu está esperándole.

Una vez en el coche, se inclinó sobre el conductor y le dijo en el mismo tono desabrido:

–Comunica que ya ha vuelto. Y precisa la hora, las 6 y 25.

Orobete sonrió de muy buen humor.

–Si se trata de precisar, un cronómetro indicaría las 6, 25 minutos y 18 segundos. Por suerte, ni usted ni yo llevamos reloj con cronómetro. Cuestan una fortuna. Un investigador alemán ha demostrado que, si se lleva continuamente, el mejor cronómetro pierde en ochenta y cinco años una fracción de segundo. Una fracción despreciable, es cierto, tres milésimas de segundo.

El miliciano lo oía displicente, moviendo a intervalos la cabeza. Al rato, volvió a inclinarse sobre el conductor.

–Déjanos en la entrada principal, pero espéranos en el mismo sitio de donde salimos.

Bajó con un movimiento ágil, esperó a que descendiese Orobete y lo cogió del brazo. El joven sonrió de nuevo sin perder el buen humor, pero no dijo nada. Seguro que habrían avisado al portero porque salió a su encuentro al principio del pasillo y les acompañó hasta el ascensor, con paso rápido y cierta solemnidad. Entró tras ellos, apretó el botón y, cuando el ascensor se detuvo, fue el primero en salir y se dirigió, con igual rapidez, al despacho del decano. El miliciano dio dos golpes en la puerta y seguidamente la abrió del todo.

–¡Constantin Orobete! –exclamó el decano levantándose del escritorio–. ¿Qué me has hecho, Orobete?

El joven se inclinó respetuoso, luego levantó la cabeza y preguntó a su vez:

–¿Qué le he hecho, señor decano?

–¿Dónde te has metido?

–Usted me dijo que no volviese más por la facultad mientras no lo hiciera según reza el certificado médico. Esta mañana no me atreví a entrar, aunque tenía que presentar un trabajo en el seminario de Cálculo Diferencial. Me fui a Cotroceni, a la ventura, esperando encontrar al hombre que me había metido en este embrollo. Y he tenido suerte. Antes de una hora lo encontré. Nos dimos un largo paseo y estuvimos conversando. Bueno, en realidad fue él quien más habló. Todo cosas interesantes. En especial para mí. Luego, a las cinco y media nos separamos y me fui a mi casa. Como puede confirmarle el camarada miliciano, llegué a las 6 y 25.

Irinoiu lo escuchaba cejijunto y frotándose a la vez las manos.

–¡Desapareciste! Y no sólo desapareciste sino que…

Miró al miliciano y se calló.

–Puede usted esperar en el pasillo. Hace un momento me telefoneó el camarada inspector. Llegará aquí de un momento a otro.

Cuando la puerta se cerró, Irinoiu se derrumbó sobre el escritorio.

–No esperaba tanta ingratitud –dijo sin levantar los ojos–. ¡Nosotros que hemos hecho tanto por ti, yo diría que incluso te hemos educado como unos auténticos padres! Yo, que te ponía por las nubes, que decía a todo el mundo que eras un genio de las matemáticas…

–Pero ¿qué es lo que he hecho, señor decano? –preguntó de nuevo el joven, pero ahora en tono serio–. He estado cinco horas deambulando por la calle…

–¡Mientes! –bramó Irinoiu dando un puñetazo en la mesa–. Desapareciste de tu casa el miércoles por la tarde. En cuanto nos informaron, enviamos dos milicianos a buscarte a tu casa.

–Pero si ahora es miércoles por la tarde. Y aún no ha atardecido del todo.

El decano lo miró con mezcla de curiosidad y temor.

–¡Entonces o tienes amnesia o me estás tomando el pelo! ¡Siéntate!

Orobete se sentó obediente en una de las sillas que había delante de la mesa.

–Has desaparecido durante tres días y tres noches –dijo con solemnidad Irinoiu–. Hoy es 19 de mayo, sábado. Mira el almanaque, ahí lo tienes.

El joven se pasó varias veces la mano derecha por la frente; a continuación una tímida y enigmática sonrisa le iluminó el rostro.

–De manera que cuatro días y tres noches –murmuró como hablando consigo mismo–. Y yo estaba seguro de que no habían pasado más que cinco horas. Sabía con exactitud la hora, pero no el día. Estaba viviendo el primer microciclo, pero no el segundo. Es cierto, el tiempo puede comprimirse, al igual que puede dilatarse. Pero resulta curioso que no me sienta cansado, que no tenga sueño ni hambre. Y también que la barba no me haya crecido en tres días –añadió pasándose la mano por la cara.

En ese momento, la puerta se abrió y entró un hombre de mediana edad, cabello escaso y cuidadosamente peinado hacia atrás, vestido con ropa primaveral discreta y casi sobria. Irinoiu se levantó de repente de la mesa, salió a su encuentro y le dio un largo apretón de manos. Orobete se levantó también y se inclinó cortés.

—Constantin Orobete —dijo.

—El camarada inspector Albini —explicó Irinoiu— ha querido conocerte personalmente antes de decidir si es cosa de…

—Conque usted es el misterioso personaje —lo interrumpió Albini acercándose a Orobete y tendiéndole la mano—. El misterioso personaje que llevamos buscando tres días y tres noches… Siéntese, por favor —añadió al tiempo que se sentaba en el otro sillón que había delante del escritorio—. Ya sé que el camarada decano no fuma, pero tal vez usted…

—No, gracias. Yo tampoco fumo.

—Tengo debilidad por los cigarrillos ingleses —prosiguió Albini sacando la pitillera—. Sé por el camarada profesor Dorobanţu que es usted un genio para las matemáticas y el país necesita a los sabios como usted. Pero por ahora, esta tarde, tengo curiosidad por saber cuanto más mejor de su encuentro con el Judío errante. El camarada Irinoiu me ha contado que le cambió el parche de ojo y también tengo curiosidad por saber por dónde anduvo o dónde se escondió esos tres días y tres noches.

—Orobete cree que sólo ha estado ausente de su casa cinco horas —lo interrumpió el decano.

Albini los miró a uno y otro como si no estuviera seguro de haber oído bien.

—¿Cómo? ¿Qué significa eso?

—Tenía la impresión de que era el mismo día que cuando salí desesperado a la calle y encontré por segunda vez al viejo que me había cambiado el parche. Que estábamos en miércoles por la tarde. Pero reconozco que me he equivocado. Y, pese a todo, como le decía hace un momento al señor decano, no estoy cansado ni tengo barba de tres días.

Albini lo miraba con curiosidad dándole vueltas maquinalmente a la pitillera entre los dedos.

–No voy a tratar de contarle lo que me ha pasado porque me parece absurdo, completamente inverosímil y no me creerían. Aceptemos la hipótesis de que he vivido una experiencia extraña, paranormal, digamos «extática», pero para mí ha sido decisiva porque me ha revelado la posibilidad de la ecuación absoluta. Si logramos descifrarla (no hablo sólo de mí, sino de todos los matemáticos del mundo), si logramos descifrar esta última ecuación, *¡todo será posible!* Por otro lado, la solución ya la vislumbró Einstein, y parece…

–Perdone que le interrumpa –dijo Albini levantando el brazo–. Pero antes de llegar a esta última ecuación, como usted decía, desearía que nos contase lo que sucedió el miércoles a mediodía, cuando encontró a, llamémosle, Ahasverus. Resulta una escena graciosa, usted todo apurado, sin saber cómo dirigirse a él, gritándole a sus espaldas: «¡señor israelita! ¡Señor judío errante!»

Orobete palideció y se estremeció.

–¿Cómo lo sabe usted?

Albini se echó a reír, pero a los pocos momentos recobró su aspecto adusto. Abrió la pitillera y cogió sin prisas un cigarrillo.

–Nosotros también tenemos nuestros secretos, como los tiene Ahasverus y como los tiene usted. Pero, como estamos entre nosotros, se lo voy a contar. Hubo alguien que lo oyó, uno de nuestros agentes, y le pareció raro, sobre todo cuando vio al hombre al que usted se dirigía, al viejo Ahasverus. Así que les siguió.

–Entonces si nos siguieron, es inútil contarle lo sucedido.

–Al contrario, es muy útil. En seguida verá por qué. Siga, por favor.

Orobete miró interrogante al decano, luego se encogió de hombros y sonrió.

–Me dijo que fuésemos a un lugar tranquilo donde pudiésemos charlar sin que nos molestasen. Ya sabe –dijo dirigiéndose a Irinoiu–, le dijo que si no me presentaba con el parche en el ojo derecho…

–Lo sé – le cortó impaciente Albini.

–Entonces, se detuvo frente a un caserón. Tenía el aspecto de casa antigua, de boyardos, de época, y me hizo entrar en ella. La casa estaba vacía. Parecía una especie de salón muy espacioso... Pero es inútil intentar describirlo porque no recuerdo muy bien cómo era y cómo hicimos para penetrar en la casa contigua, y así sucesivamente. Porque, en realidad, tuve la impresión de que pasábamos de un edificio a otro, a veces atravesábamos un jardín, luego penetrábamos en otra casa o más bien en un palacio con galerías inmensas, salones interminables...

Se calló, avergonzado, sacó el pañuelo y se lo pasó por la frente.

–Yo le diré lo que pasó exactamente –dijo Albini tras apagar el cigarrillo–. Entraron atravesando el patio en el número 3 de la calle Ienachiţă Văcărescu, en una casa que antiguamente llamaban la Casa del Aduanero. El inmueble se había desalojado hace mucho y, justo al otro día, jueves por la mañana, comenzaron a demolerlo. A los diez minutos salió usted solo por la entrada principal (no entendemos cómo pudo hacerlo pues la puerta estaba atrancada por dentro con una barra de hierro) y siguió calle arriba hasta la estatua. Poco después, se le acercó una mujer vieja y se pusieron a hablar. Caminaron juntos un rato y, al llegar a la estatua, usted se paró y sacó del bolsillo un libro en ruso.

–¡Pushkin! ¡Los cuentos de Pushkin! –murmuró Orobete meditabundo.

–Exactamente. Se puso a hojearlo, como si buscase un pasaje determinado. Mientras tanto, la vieja se alejó sin que usted lo advirtiese y desapareció. Cuando levantó usted los ojos del libro, vio a su lado a un trabajador en mono de faena que estaba mirándolo con curiosidad. Le preguntó algo, no sé qué le diría él a usted, pero usted sonreía y lo escuchaba con gran interés.

Albini se volvió al decano.

–Quiero precisar, entre paréntesis, que todavía no hemos dado con él pero lo encontraremos, como también encontraremos a la vieja. Pero, naturalmente –dijo dirigiéndose otra vez a Orobete–, nos interesa averiguar desde ahora por medio de usted quiénes eran esas dos personas, con las que parece que se encontró por casualidad pero con las que tuvo una charla muy animada.

–A decir verdad –dijo Orobete con la voz cambiada y grave, que no parecía suya–, no me acuerdo ni de la vieja ni del obrero del mono. He tenido la impresión todo el tiempo de encontrarme junto al viejo. De hecho, me llevó casi siempre agarrado del brazo, me llevaba a remolque y me hablaba sin cesar. Yo apenas conseguí hacerle preguntas. Y ahora lamento no haber tenido tiempo (o quizá él no me diera ocasión) de preguntarle lo esencial: ¿qué dijo Einstein antes de morir? Más concretamente, ¿por qué se ha hecho de sus últimas palabras un secreto tan celosamente guardado? Y algo más. ¿Cómo sabía Heisenberg lo que dijo Einstein en su lecho de muerte? Porque Heisenberg *lo sabía*. Y le respondió, aunque esa respuesta también se ha mantenido en secreto.

Albini miró significativamente al decano y levantó de nuevo el brazo.

–Volveremos a esa cuestión. Pero ya que no se acuerda de la vieja ni del obrero, yo le contaré lo que pasó. Fueron los dos, usted y el obrero, hasta la parada del tranvía conversando animadamente. Usted se quedó esperando al tranvía y el obrero cruzó la calle y se perdió entre la multitud. Pero usted no subió al primer vagón ni tampoco al segundo. Parecía estar esperando a alguien. Y, en efecto, del tercer vagón bajó su Ahasverus, *el Judío errante*, y se fueron juntos en dirección al cementerio judío.

–¡Imposible! –exclamó Orobete–. Le juro que no he estado nunca en el cementerio judío. Ni siquiera sé dónde se encuentra...

–Tal vez lo recuerde más tarde. El viejo lo llevaba cogido del brazo y le hablaba sin parar, y usted lo escuchaba fascinado sin decir una palabra. Entraron en el cementerio y se dirigieron a la capilla. Entraron los dos, pero el agente que les seguía se quedó fuera. Les esperó hasta las siete de la tarde. Cuando quiso entrar para ver lo que pasaba, la puerta de la capilla tenía echado el cerrojo. Entonces telefoneó dando cuenta y, media hora más tarde, llegaron los de la sección especial y descerrajaron la puerta. Ya se había hecho de noche. Les buscaron por todas partes pero lo único que encontraron fue su libro con los cuentos de Pushkin. Entre tanto, llegó también el secretario de la congregación israelita y nos aseguró, cosa que ya sabíamos nosotros, que en la capilla no existía ninguna cripta ni ninguna salida secreta. Los de la sección especial se quedaron vigilando toda la noche y el jueves por la mañana fue un equipo provisto de aparatos de ultrasonido y comprobó las paredes, el suelo, las ventanas, etc. En fin, todo lo que había que comprobar. Con autorización de la congregación, la capilla y el cementerio quedaron bajo vigilancia hasta hace una hora, cuando nos telefonearon diciendo que usted había regresado a su casa.

Se calló, apagó la colilla y clavó la mirada en el rostro de Orobete.

—Ahora comprenderá por qué tenemos tanta curiosidad por saber lo sucedido. ¿Por dónde salieron?

Orobete lo escuchaba con atención, sonriente y meditabundo. Como si se hubiese despertado de repente, se encogió de hombros y se puso a hablar con voz segura y seria, que parecía venir de lejos.

—Le doy mi palabra de honor de que no he entrado en la capilla o, por lo menos, no lo recuerdo. Sin embargo, recuerdo muy bien que, en un momento dado, obsesionado por ese enigma, el secreto que rodea las últimas palabras de Einstein y la respuesta de Heisenberg (¿pero cómo se enteró él, Heisenberg, de lo que dijo Einstein en su lecho de muerte?), obsesionado por ese enigma, dejé de escuchar al viejo. Él me hizo volver a la realidad sacudiéndome el brazo. «Dayan, no pienses más en la ecuación última porque la encontrarás solo, sin ayuda.»

—¿Por qué la llama usted «la ecuación última»? –preguntó Albini.

Orobete sonrió pensativo y feliz. Ya no trataba de disimular su satisfacción.

–Si mi intuición es justa, los dos, Einstein y Heisenberg, descubrieron la ecuación que nos permite integrar el sistema Materia–Energía en el otro conjunto, Espacio-Tiempo. Ésta es la ecuación última porque de allí ya no se puede avanzar más. Como mucho, (¡por desgracia!) se puede volver atrás.

–¿O sea? –preguntó Albini.

–Si mi intuición es correcta, y creo que sí lo es porque el maestro Ahasverus me aseguró que descifraría el enigma, los dos comprendimos que el tiempo se puede comprimir en *ambas direcciones*, es decir, adelante, hacia el futuro, y atrás, al pasado.

–¿Y entonces?

–Entonces, *todo es posible*, y el hombre, por desgracia para él, puede sustituir a Dios. Me parece harto probable que por esa razón se mantenga el secreto con tanto rigor. Seguramente los dos dirían: «Ojo, que estáis jugando con fuego. No sólo podéis incinerar todo el globo en cuestión de segundos sino que podéis retroceder, de golpe y porrazo, millones de años, al principio de la vida en la tierra. Tratad de preparar un grupo selecto, una elite, no sólo de matemáticos y de físicos, sino también de poetas y de místicos, que sepan desencadenar el proceso de anamnesia, o sea, rehacer la civilización (si es que vale la pena hacerlo)».

Albini dirigió una interrogante mirada al decano.

–¿Quién es, en realidad, ese Ahasverus?

Orobete volvió a esbozar una radiante sonrisa.

–Justo ahora, al preguntármelo, me parece que comienzo a entender quien es Ahasverus. Y, si comienzo a entenderlo, es gracias a él porque me ha enseñado a pensar correctamente, es decir, me ha enseñado que lo primero que hay que hacer es encontrar la pregunta apropiada y, sólo después, buscar la respuesta. En cierto sentido, por utilizar una metáfora que muchos pensadores han considerado erróneamente un concepto filosófico, Ahasverus es una especie de *anima mundi*, de Espíritu del mundo, pero es mucho más simple y más profundo. Porque, en realidad, Ahasverus puede ser cualquiera de nosotros. Puedo ser yo, puede ser uno de mis compañeros, puede ser usted o su tío, el coronel Petroiu, el que se suicidó en Galaţi, pero con tanta habilidad que nadie ha sospechado jamás que fuera un suicidio y no un accidente.

Albini, estupefacto, se estremeció y arrugó la frente.

—Le pido disculpas por haberme permitido hacer alusión a un secreto de familia. En realidad, un secreto que sólo usted había descubierto cuando leyó hace unos años la correspondencia de su tío.

Se calló extenuado y se pasó varias veces la mano por la cara.

—Como ve, me he reintegrado físicamente al tiempo real. Me noto una barba de cuatro días y estoy cansado. Si me lo permiten, quisiera retirarme. No es tanto cuestión de hambre como de sueño.

Albini se levantó del sillón.

—Todo está dispuesto. Sabía que nadie aguantaba más de tres días. El coche nos espera. Esta noche dormirá en el sanatorio.

6

Al despertar vio muy alto, en la pared de enfrente, una ventana rectangular, de varios palmos de larga y casi dos metros de ancha. En ese momento, oyó una voz conocida que venía del pasillo y volvió la cabeza. La puerta estaba entreabierta.

–Doctor –exclamó Dorobanţu–, es una verdadera tragedia. Si ha perdido la razón, se repite la tragedia de Mihai Eminescu.[1] ¡Es el matemático más genial que ha dado Rumania! No lo digo sólo yo, lo dicen todos nuestros grandes matemáticos. ¡Ha echado por tierra el teorema de Gödel!

Orobete sonreía melancólico mirando embobado a la puerta entreabierta.

–El caso es bastante difícil –oyó la voz del doctor Vládut–. Aún no podemos saber lo que pasó *en realidad*. He oído juntamente con el patrón y mis colegas la cinta magnetofónica que nos han dado. He de reconocer que, hasta ahora, no he entendido gran cosa. No me refiero a las fórmulas y cálculos matemáticos, que van más allá de nuestra competencia. Me refiero a todo lo que dijo después de las primeras inyecciones. Aparentemente, podemos decir que estamos ante el síndrome clásico de la esquizofrenia, según informé al principio al camarada inspector. Pero

1. Poeta romántico (1850-1889). Máximo exponente de las letras rumanas, murió loco (*N. del T.*).

ahora, desde hace muy poco, ya no estoy tan seguro. Y me parece que han cometido un error no llamándonos antes. El paciente ha pronunciado repetidamente el nombre de usted en relación con la tesis de licenciatura o de doctorado, no hemos entendido muy bien a qué se refería, pero lo repetía siempre que mencionaba a Gödel. «¿Se ha convencido ya, camarada profesor Dorobanţu?», preguntaba, siempre sonriendo y, a veces, riendo.

–¿Por qué dejan la puerta entreabierta? –preguntó Dorobanţu bajando la voz–. ¿Acaso…?

–Así es la norma –dijo el médico–. La puerta *tiene* que estar entreabierta tan pronto como el paciente se queda solo.

–¿Y no nos oirá?

–¡Imposible! Lo he examinado hace cinco o seis minutos. Está profundamente dormido. Tanto que podría decirse que se encuentra más bien en estado cataléptico. La respiración es casi imperceptible y el pulso… En fin, el pulso está al límite. En cuanto al resto… No ha reaccionado tampoco a los puntos de fuego aplicados en zonas sensibles. Esta mañana no ha hablado con nadie, como solía hacer después de las inyecciones. Una de mis ayudantes ha estado permanentemente a su lado y hace un momento hemos verificado la cinta magnetofónica. Ni una palabra.

–¿Y no hay ningún riesgo? –oyó preguntar a Dorobanţu a media voz.

–No más que el primer día que lo internaron. Pero es la primera vez que, pese a todas las inyecciones, no dice nada.

Orobete se puso la mano derecha en la boca para reprimir la risa. Luego respiró hondo, levantó la cabeza de la almohada y gritó con voz clara y fuerte:

–¡Profesor Dorobanţu! Hace mucho que le esperaba. ¿Por qué no entra?

Al momento, los dos se precipitaron alarmados en la habitación.

–¡Dayan! –exclamó con emoción Dorobanţu–. ¡Dayan! –repitió con voz ahogada, como a punto de echarse a llorar.

El médico se acercó a la cama, le cogió la mano derecha y le tomó el pulso.

–¿Desde cuándo estoy aquí? –preguntó Orobete–. ¿Han pasado tres días?

Dorobanţu miró azorado al médico y no se atrevió a responder.

–Han pasado más –contestó el médico.

Acto seguido, se dirigió apresuradamente a la puerta y salió. Los dos oyeron sus pasos alejándose por el pasillo.

–Entonces, es demasiado tarde –dijo Orobete con una melancólica sonrisa.

Dorobanţu seguía mirándolo fijamente, temeroso, frotándose las manos.

–¿Qué nos has hecho, Dayan? ¿Qué nos has hecho?

–¿Qué he hecho, profesor? –preguntó Orobete sin abandonar la sonrisa.

–Se han enterado los americanos, se han enterado los rusos, se han enterado los alemanes. Todos están al cabo de la calle menos nosotros. ¡A nosotros no nos dijiste nada! ¿Cómo lo hiciste? ¿Cómo les informaste?

Orobete se pasó pensativo la mano por la frente y sonrió.

–No fui yo el que les informó –dijo con calma, tranquilo–. Fue el maestro, Ahasverus, tal y como me prometió. Pero si han pasado más de tres días, es demasiado tarde. *Les jeux sont faits!*

Dorobanţu se aproximó más a la cama sin dejar de frotarse nervioso las manos.

–¿Qué quieres decir? ¿Qué relación tiene una cosa con otra?

Orobete, sonriendo, le dirigió una cálida mirada.

–Es una larga historia y aunque se la contara de cabo a rabo no me creería. Pero le contaré al menos el principio. Se lo cuento a usted porque siempre ha tenido fe en mí.

–Todos hemos tenido fe en ti. En cuanto me trajiste el trabajo y lo comuniqué al centro y luego a la Academia de Ciencias, todo el mundo me dijo que eras un genio. Yo les contesté: «¡Ojalá tenga salud para resolver los otros problemas de los que me ha hablado. Pero no me dijo nada en concreto». Y les repetí lo que me dijiste tú: «No le digo de qué se trata porque aún no lo he resuelto».

Orobete guardaba silencio sin quitar la vista de su profesor.

–¡Pero ponte bueno, Dayan! –dijo en alta voz Dorobanţu restregándose los ojos para esconder las lágrimas–. ¡No te vuelvas loco como Eminescu! ¡Queremos tener un genio para sentirnos orgullosos ante el mundo entero!

Orobete alargó el brazo y le cogió la mano.

–Gracias, profesor, le quedo muy agradecido. Pero si no me he vuelto loco ya, no me volveré en el futuro. Le contaré cómo empezó todo. Fue la mañana del 16 de mayo. Y comenzó porque se desató una tormenta.

Dorobanţu miró inquieto a su alrededor, seguidamente sacó el pañuelo y se secó los ojos.

–Si no hubiese estallado la tormenta –prosiguió Orobete con la misma triste sonrisa–, todo hubiese sido distinto. Ya sabe que al decano no le gustan las tormentas, le dan pavor los truenos y relámpagos pero, sobre todo, los rayos. Y aquella mañana cayeron muchos y muy cerca. Creo que el último cayó a sólo unos metros de la facultad.

–¿Qué quieres decir? –preguntó alarmado Dorobanţu–. ¿Qué relación tiene una cosa con otra?

–Si me escucha aunque sólo sean cinco minutos, comprenderá lo que quiero decir. Decía que todo empezó porque estalló una tormenta. El decano estaba nervioso, distraído, y, al final, furioso. De manera que no se creyó lo que le conté del viejo que me cambió el parche de un ojo al otro. Él pensó que todo se debía a alguna marrullería mía… Pero ¿qué clase de marrullería? –añadió con un rictus de amargura en el rostro.

Observó que los doctores Petrescu y Vlăduţ habían entrado y lo escuchaban con gran atención.

–Permítanme proseguir porque estaba explicándole al camarada profesor cómo empezó o, más exactamente, que todo empezó con la tormenta que hubo en la mañana del 16 de mayo.

–Siga, por favor –dijo Vlăduţ–. Quizá consigamos entender por qué alude constantemente a los rayos que cayeron cerca de la facultad.

–Conque he hablado de eso en sueños… Un sueño concreto, el que provocan las inyecciones del llamado *suero de la verdad*. ¡Tanto mejor! –añadió al ver que los dos médicos bajaban la vista azorados–. Así no dudará ya nadie de que he dicho la verdad.

–Pero ¿qué tienen que ver los rayos y las tormentas? –preguntó Dorobanţu–. ¿Qué tienen que ver con la ecuación de la que se han enterado los de Princeton antes que nadie, y unos días más tarde todos los demás?

Orobete parecía cada vez más feliz. Al momento, entró una enfermera y la saludó sonriendo y haciéndole un amistoso gesto con la mano.

–La felicito, camarada Economu. La felicito y le doy las gracias. Nadie la supera en precisión y destreza a la hora de aplicar los puntos de fuego.

Dorobanţu se volvió asustado a los dos médicos y Orobete continuó con voz serena.

–La relación es muy sencilla aunque no lo parezca. Si no hubiese habido una tormenta, el decano habría estado más sosegado y más comprensivo. No me habría amenazado con echarme de la facultad, justamente en vísperas de presentar la tesis, si no volvía con el parche en el ojo derecho.

Dorobanţu volvió a sacar el pañuelo y se lo pasó nervioso por la frente.

–Alude usted continuamente al parche del ojo derecho –dijo el doctor Petrescu–. Pero no hemos comprendido muy bien de qué se trata. Ya sé, naturalmente, que muchos de sus compañeros y amigos e incluso algunos profesores le llaman Dayan.

–Yo lo llamo así desde que lo vi por primera vez –confesó Dorobanţu sonriendo cohibido.

–Bien, yo les diré cómo empezó –dijo Orobete.

Repitió con pelos y señales, y con evidente satisfacción, todo lo que le había contado al decano. De vez en cuando se interrumpía para concretar.

–Entonces hubo un relámpago y volvió a oírse el rayo.

Albini estaba parado delante de la puerta entreabierta, escuchando. Cuando Orobete repitió la amenaza del decano: «Si mañana no te presentas conforme al certificado médico oficial, daré cuenta donde corresponda», Albini entró; se acercó a la cama y le dio la mano.

–¡Enhorabuena, camarada Orobete! Se ha recuperado más pronto de lo que esperábamos y su memoria sigue tan excepcional como antes. Pero ya que hablaba de Ahasverus y del cambio del parche y demás, quiero confesarle que hay una confusión. Desde luego, el camarada decano Irinoiu no podía saberlo –dijo sentándose en una silla y abriendo sin prisas la cartera–. No podía saber que se trataba de un error. He comprobado su expediente en el servicio de cirugía del Hospital Colţea. Estuve comentando el caso con el profesor Vasile Naum, que le operó, y he averiguado la verdad. Aquí la tiene –agregó sacando una hoja blanca y tendiéndosela a Orobete–, *el original* del certificado emitido el día 11 de septiembre de 1963 por el servicio de cirugía. Léalo. Dice clarísimamente que fue usted operado del *ojo izquierdo*. Así pues, el ojo derecho era, lo fue desde el principio, el ojo sano. El error lo cometió la secretaria de servicio que se equivocó al pasar a máquina el original redactado por el doctor Naum. El camarada decano no podía saber que se había producido tal error. Ahora que le he enviado el original se ha convencido y, ni que decir tiene, lamenta haberle amenazado con la expulsión y todo lo demás. De modo que la cuestión del ojo derecho ya está aclarada. No se hable más de ella.

Orobete lo escuchaba subyugado, con la sonrisa en los labios.

–Hace mucho que sabía que no hay problema sin solución –dijo tras leer una vez más el certificado–. También sabía que la solución más «creadora» es la de tipo gordiánico. «El conocimiento gordiánico», como lo llamó un pensador rumano. Ya saben a lo que se refiere, al nudo de Gordio, rey de Frigia. Estaba tan hábilmente hecho que durante siglos nadie fue capaz de deshacerlo. Un oráculo había predicho que quien consiguiera deshacerlo se convertiría en dueño de Asia. Cuando Alejandro Magno entró en Gordio y se enteró del oráculo, desenvainó la espada y lo cortó. Y, como sabemos por los libros de historia, Alejandro conquistó Asia.

Albini rió discretamente y colocó el certificado en el expediente.

–Me gusta esa expresión: «conocimiento gordiánico». Voy a usarla yo también. Pero –prosiguió en un tono repentinamente serio–, si la cuestión del parche se ha solucionado y Ahasverus vuelve a ser lo que ha sido, una fantasmagoría, una ilusión de la que usted fue víctima, hay otros problemas esenciales que todavía no hemos resuelto. El primero, aunque no el más importante, ¿dónde estuvo usted después de entrar en la capilla del cementerio judío? ¿Dónde permaneció oculto tres días y tres noches?

Orobete lo miró pensativo, como si le costara comprender la pregunta; luego, una ancha sonrisa iluminó su rostro.

–Ya contesté con la mayor claridad que pude en el despacho del decano. Seguramente no me habrá creído, y con razón, pues la historia parece increíble. Pero llevan varios días poniéndome montones de inyecciones con el suero de la verdad y todo lo que he dicho ha quedado grabado. Si ha escuchado las cintas habrá podido convencerse de que no le he mentido, de que no le he ocultado nada.

–Las he escuchado todas, y muchas veces. Pero, salvo las fantasmagorías y las citas en muchos idiomas, no hay más que especulaciones y fórmulas matemáticas, la mayoría ininteligibles, por ahora.

–Sólo un matemático podría entenderlas –apuntó tímidamente Dorobanţu.

–He recurrido a los más renombrados matemáticos de la capital –dijo Albini sin volverse a mirarlo–. Y precisamente en relación con esas fórmulas matemáticas tenemos otro problema mucho más importante que resolver.

Se calló y se volvió a los médicos.

–¿No estaremos cansándolo demasiado? –les preguntó.

Orobete se pasó la mano por la frente.

–Pues ya que usted lo dice, le confieso que empiezo a sentirme cansado.

Albini se levantó y le tendió la mano.

–Reposo, cuanto más mejor. ¡Y sueño! Ya hablaremos. Tenemos tiempo.

–Pero dejen la puerta entreabierta, por favor –dijo Orobete–. Quiero saber si estoy traduciendo correctamente o si me estoy dejando engañar por ilusiones y esperanzas.

7

Cuando tuvo la seguridad de que todos excepto la enfermera habían salido de la habitación, abrió el ojo y le preguntó:

–¿A qué día estamos, camarada Antohi?

La enfermera lo miró apurada y enrojeció.

–No estoy autorizada a responderle. Tiene que preguntárselo al doctor –dijo dirigiéndose a la puerta.

–No, no me he expresado bien –dijo Orobete levantando el brazo para que se detuviera–. No le pregunto la fecha exacta, sólo quiero saber si estamos *antes* o *después* del solsticio de verano, de san Juan.

La joven dudó un momento y susurró:

–Antes. Pero no le diga nada al doctor, se lo pido por favor.

Orobete esbozó una larga y enigmática sonrisa.

–No se preocupe. Pero, ¿cómo es que si nos acercamos al verano no veo nunca el sol?

La enfermera lo miraba con curiosidad, como si no entendiera el sentido de la pregunta.

–¿Cómo que no lo ve? Tiene una de las habitaciones más luminosas, si no es *la más luminosa*. Desde las cinco de la mañana hasta que el sol se pone, tiene luz.

–No. No me refería a la luz de los días de verano. Me preguntaba cómo es que no se ve *el sol*, el astro propiamente dicho.

La joven se serenó y sonrió.

–¡Ah! Ya entiendo lo que quiere decir. Es que esta parte del pabellón se construyó así para recibir la luz del sol todo el tiempo pero sin que molestara al paciente dándole directamente en los ojos. De lo contrario, habríamos tenido que correr las cortinas pero, como ve, no hay cortinas. No hacen falta. Cuando anochece, se cierran los postigos.

–Comprendo –dijo Orobete asintiendo con la cabeza–. Y si ve usted al académico Pavel Bogatirov dígale que no siga más tiempo en el pasillo grabando las conversaciones a doscientos o trescientos metros. Que venga aquí y hablaremos. Dígale que comprendo muy bien el ruso, aunque no lo hable a la perfección. Pero el camarada académico Bogatirov sabe tantos idiomas...

La enfermera lo escuchaba asombrada tratando de sonreír.

–No entiendo lo que quiere decir –dijo dirigiéndose a la puerta.

–Dígaselo a sus superiores, ellos sí que lo entenderán.

Cuando la enfermera se retiró dejando la puerta entreabierta, Orobete se llevó ambas manos a la boca para contener la risa. Poco después, entró el doctor Vlăduţ y se acercó con aire adusto a la cabecera de la cama.

–Me ha dicho la enfermera que estuvo usted hablándole de no sé quién que está escuchando escondido en el pasillo.

–El camarada profesor Pavel Bogatirov, de la Academia de Ciencias de Moscú.

–Le aseguro que nunca he oído ese nombre y que en el pasillo no hay nadie escuchando. Por otro lado, está estrictamente prohibido que los visitantes permanezcan en el pasillo.

Orobete se encogió de hombros y lo miró sonriendo.

–Si no sé en qué día estamos, no sé si el académico Pavel Bogatirov *está*, si ya *ha estado* o si *estará* aquí en un futuro más o menos lejano. Como estoy obligado, mejor dicho, ustedes me han obligado a vivir en un *tiempo personal*, sin el control del calendario, no puedo hacer distinción entre el pasado y el futuro.

–En su caso, es muy normal. Pero le aseguro que...

–Le creo –dijo Orobete tranquilo–. Si el camarada Bogatirov no está en el pasillo ni ha estado antes, lo estará uno de estos próximos días. Pero en la medida en que se le permita a usted decírmelo, no puede negar que, esta mañana, en su despacho, el patrón, el profesor doctor Manole Drăghici, intentó convencer al profesor Lewis Dumbarton, del Instituto de Estudios Superiores de Princeton, de que sería arriesgado para mí, para mi equilibrio mental, visitarme en mi habitación y hacerme preguntas en relación con mi estudio *Quelques observations*…

El doctor se sonrojó muy avergonzado y fingió consultar la hora.

–No comprendo lo que quiere decir. Informaré al profesor Drăghici. Espero no olvidar el nombre que ha citado y los otros detalles…

–No se preocupe –dijo Orobete–. Todo está grabado en el magnetofón.

Cuando lo dejaron solo, se cogió la frente con las manos y se quedó inmóvil, sumido en sus pensamientos. Pronto entraron en su habitación los dos médicos, Petrescu y Vlăduţ, que se acercaron a la cama y lo miraron con curiosidad sin decir nada.

–¡Vamos, no teman –dijo Orobete sin levantar la cabeza–. ¡Pregúntenme! Pero antes busquen la pregunta justa –añadió poniéndose de repente de buen humor.

–Tenemos curiosidad por saber –dijo el doctor Vlăduţ–, quién le informó de la visita del sabio americano.

–No me informó nadie. Además, salvo los que estuvieron presentes, el patrón, el profesor Lewis Dumbarton con su intérprete de la embajada norteamericana y el camarada inspector Albini, nadie se enteró de esa visita ni, menos aún, de lo que se habló en ella. Ustedes mismos acaban de enterarse cuando informaron a su jefe.

–Y entonces, ¿cómo se ha enterado usted?

Esta vez Orobete soltó un corta y amarga carcajada y se alzó de hombros.

–Les oí hablar. Al principio me divirtió el atolladero del intérprete, que no conocía la terminología matemática y no sabía traducir determinados términos.

–¿Oyó la conversación que tenía lugar en el despacho del jefe? –exclamó el doctor Petrescu–. Quizá no sepa que ese despacho se halla en el tercer piso, en la otra parte del pabellón.

Orobete volvió a encogerse de hombros.

–¿Qué quieren? Las matemáticas modernas, como la física, no tienen en cuenta las distancias.

–En cualquier caso, es difícil de creer que…

En ese momento, una enfermera se acercó al doctor Petrescu y le susurró algo al oído.

–Dijo que dentro de unos minutos estaría aquí.

–¡Por fin! –exclamó Orobete–. Tendré ocasión y el gran honor de conocer al profesor Manole Drăghici en estado de lucidez, y no sólo cuando estoy narcotizado. Les ruego que no se molesten –añadió al ver que los médicos intercambiaban embarazosas miradas–. Ustedes no tienen la culpa. Ése es el tratamiento. Y para serles completamente sincero, les confieso que prefiero los narcóticos y las inyecciones del suero de la verdad al tratamiento clásico de la esquizofrenia, a los tratamientos de choque y todo lo demás.

Cuando entró el profesor Drăghici acompañado de un joven vestido de paisano sin bata blanca, Orobete se incorporó.

–Le agradezco que haya venido –dijo.

El profesor se detuvo a un paso de la cama y lo miró de hito en hito.

–Me han informado de que se ha enterado de la visita de un sabio extranjero.

–El profesor Lewis Dumbarton, del Instituto de Estudios Superiores de Princeton.

–¿Quiere decirnos de nuevo cómo se ha enterado?

Orobete se volvió a encoger de hombros y miró a su alrededor.

–Le oí hablar en su despacho.

El profesor volvió la cabeza a los dos médicos.

—Según le decía al doctor Vlăduț —prosiguió Orobete—, el profesor Dumbarton vino acompañado de un intérprete de la embajada y, en el despacho, además de usted, se encontraba el inspector Albini. Paso por alto ciertos detalles, algunos pintorescos, como por ejemplo, la traducción de la terminología fisicomatemática. Afortunadamente, en seguida descubrieron que podían entenderse mejor en francés. El profesor Lewis Dumbarton quería hablar conmigo a toda costa. Le explicaron, con maña y paciencia, que dada la situación crítica en la que me encontraba, esa visita podría tener consecuencias fatales. Pero el profesor no se dejaba convencer. En un momento dado (creo que inmediatamente se arrepintió de haber perdido la calma), les amenazó con armar un escándalo. Es evidente que no pronunció esa palabra pero el sentido no podía ser más claro. Pondría sobre aviso a todas las academias del mundo, a todas las sociedades científicas, etc. Declararía que me habían internado a la fuerza, contra mi voluntad, en un hospital psiquiátrico. Y, entonces, con mucho tacto, ustedes le respondieron que ponían mi expediente completo a disposición de una comisión internacional de psiquiatras. Es decir, todas las cintas magnetofónicas, el original más una transcripción en rumano y otra en francés, y mi historial clínico completo con las inyecciones que me habían puesto y todo lo demás. Y no sólo eso. Al despedirse, le aseguraron que aceptaban que me reconociese un psiquiatra norteamericano competente y de prestigio. Pero añadieron ustedes que, en ningún caso, un físico ni un matemático. «¡Pero si eso es precisamente lo que nos interesa a nosotros!», exclamó el profesor Dumbarton en inglés. «Entender *lo que ha querido decir*. ¡Y querríamos saberlo *lo antes posible*!»

—¡Y nosotros también! —dijo Albini entrando y acercándose a la cama con la mano tendida—. Me alegro de llegar en plena discusión. Y me alegro de que el camarada Orobete nos haya dado otra prueba de la agudeza de sus sentidos y de sus posibilidades extrasensoriales. En las que, sin embargo, yo no creo.

Se volvió al profesor y le preguntó:

–¿Piensan que vale la pena seguir discutiendo en este areópago?

Los dos médicos y la enfermera se dirigieron en silencio a la puerta.

–Usted quédese en el pasillo –le dijo el profesor a la enfermera.

–Y tú –le dijo Albini a un joven vestido de paisano–, espérame abajo.

Cogió una silla y se sentó frente a la cama al tiempo que invitaba al profesor a sentarse en la otra. Luego prosiguió.

–Aprovechemos que el camarada Orobete está tan despejado para poner en claro un problema.

–El paciente asegura haber oído todo lo que hablamos esta mañana en mi despacho.

–Ya lo sé. Estaba en el pasillo y lo oí. Más tarde discutiremos ese asunto. De momento, ya hemos resuelto el misterio de la capilla del cementerio judío.

–¡Por fin! –exclamó Orobete–. Desde el principio vengo diciéndoles que no tenía la menor idea...

–En realidad –dijo Albini–, ustedes sí que entraron allí, usted y el viejo que le acompañaba. La prueba es el libro de Pushkin que encontramos. Pero no se quedaron mucho tiempo. Una media hora, todo lo más.

–¿Y usted cómo lo sabe? –preguntó Orobete de buen humor.

Albini lo miró con ojos penetrantes, ceñudo, luego forzó una sonrisa y prosiguió en tono confidencial.

–Le apretamos las clavijas al agente que les seguía y confesó que, en cierto momento, acuciado por una necesidad fisiológica, se alejó de la capilla y se metió entre los árboles del jardín. Es muy probable que, en esos pocos minutos que él dejó la vigilancia, ustedes dos abandonaran la capilla. Además –añadió al ver que Orobete lo miraba embobado pero con semblante risueño, como si fuera a echarse a reír de un momento a otro–, tres personas que viven por los aledaños recuerdan haberles visto a los dos salir del cementerio y caminar hacia la estatua de los Voluntarios. Es muy probable que entraran en alguna casa de por allí (eso ya lo averiguaremos nosotros) y se quedaran, bien los dos o usted solo, durante tres días y tres noches. Por consiguiente, y para concluir, no hay nada sobrenatural. «El misterio» se ha evaporado.

—¡El conocimiento gordiánico! —exclamó Orobete.

—Es muy cierto —continuó Albini—. Ante un enigma que, aparentemente, parece implicar lo milagroso, la mejor solución es *negar* el milagro y buscar la explicación más sencilla, la más *terre-à-terre*, como dicen los franchutes.

—En nuestro caso, una urgente necesidad fisiológica. Y, entonces, todos los otros problemas se resuelven por sí solos.

Albini lanzó una mirada interrogante al profesor y en sus ojos adivinó la respuesta.

—Todos no —dijo en otro tono de voz, casi severo—. Aún quedan algunos enigmas. Por ejemplo, me gustaría preguntarle qué sabe usted de este documento o qué le parece.

Sacó de la cartera un opúsculo y se lo entregó. Nada más ver el título, Orobete se puso colorado.

—*Quelques observations sur le théoreme de Gödel*, por Constantin Orobete. ¿Cuándo ha aparecido? —preguntó con voz velada por la emoción—. ¿Quién lo ha publicado?

—Eso es lo que yo quería preguntarle a usted —dijo Albini—. Vea lo que dice al pie de la página.

—*Bulletin de l'Academie des Sciences de la Republique Socialiste de Roumanie* —leyó Orobete con esa misma emoción en la voz—. *N.S., tome XXIII, fasc. 2, mai-juin, 1973.* ¿Mil novecientos setenta y tres? —repitió asustado mirando a Albini.

—Celebro que usted también haya reparado en este, digámosle, «despiste». Como bien sabe, estamos en 1970 y, seguramente, recordará (porque lo recibe con regularidad) que el último número del *Bulletin* apareció hace unos meses. Fue el tomo XX, fascículo 5.

Orobete sonrió pensativo y se pasó abstraído varias veces la mano por la frente.

–Evidentemente, esto es una farsa. Alguien que se ha diverti-do imprimiendo mi trabajo sin consultarme.

Se calló, leyó las primeras líneas y luego pasó las páginas con mano temblorosa.

–Pero esto no es mi tesis doctoral. Sólo coincide el título.

–Eso mismo me dijo el camarada Dorobanţu –agregó Albini.

–Ni tampoco es el teorema que me preocupa desde hace tan-to tiempo. ¿Me permite que le eche un vistazo para ver de qué se trata?

Albini volvió a mirar de forma interrogante al profesor.

–Se lo ruego. Nos hará un gran favor.

Los dos lo contemplaban leer con avidez. Había momentos en que el semblante se le iluminaba con un extraño resplandor. Tras hojear las dos primeras páginas, empezó a temblarle el pulso.

–Esto significa que he resuelto la última ecuación –dijo con emoción–. Pero ¿cuándo? Cuando lo vi a usted por primera vez en el despacho del decano, sabía que estaba en vías de resolverla, ¡pero ignoraba *cómo*! Y he aquí –agregó levantando el opúsculo con la mano izquierda y señalando con la derecha media página llena de cifras y signos matemáticos–, la más simple, *hermosa* y más *elegante* demostración que puede concebir la mente humana. ¿Quién se lo ha dado? –preguntó con curiosidad a Albini.

–No es ningún secreto. Lo han recibido todos nuestros mate-máticos esta misma mañana, aunque mucho después de haberlo recibido los grandes matemáticos del mundo entero.

–Debe de habérselo traído nuestro visitante de esta mañana –dijo el profesor.

–Es probable. Principalmente porque todos llegaron en sobres fabricados en Rumania y con franqueo rumano. La fecha del ma-tasellos era Bucarest, 17 de junio de 1970.

–Así pues, aún tenemos tres días –murmuró Orobete con una sonrisa melancólica.

Albini lo miró sorprendido.

–¿Qué quiere decir?

–Si los mandaron por correo ayer, hoy es 18 de junio. De manera que faltan tres días para el solsticio de verano, para san Juan –prosiguió Orobete sin mirarlo–. O sea, hace exactamente doce años que terminé de leer *El judío errante* en el granero comunal de Strândari. Eso fue antes del accidente. Entonces leía mucho más de prisa y mejor. Tenía los dos ojos.

Albini miró nuevamente al patrón y dijo:

–Sí, todos los enviaron desde Bucarest. Mañana sabremos si los han recibido los matemáticos de Cluj, Iasi y los otros centros universitarios. Y comprobaremos dónde se expidieron.

Orobete pasó la página y daba la sensación de estar completamente enfrascado en las fórmulas.

–Cada vez es más emocionante –musitó–, y más difícil de entender. Los axiomas son míos y el análisis se desarrolla tal y como lo intuí desde el principio, en cuanto descubrí la ambigüedad de la teoría de Gödel. Pero hay tantas cosas nuevas...

–Que, sin embargo, usted conocía –lo interrumpió Albini–. Para satisfacer su curiosidad, puedo decirle que sólo ahora, teniendo delante su trabajo, los matemáticos a los que he consultado han podido entender una parte de los cálculos y especulaciones fisicomatemáticas suyas que habíamos grabado en cinta magnetofónica mientras usted dormía.

–Después de las inyecciones del suero de la verdad –apostilló sonriente Orobete.

–Exacto. Lo cual significa que usted *ya sabía* todo lo que se encontraba en *Quelques observations*.

–No es el primer descubrimiento científico realizado durante el sueño –dijo Orobete.

–Pero lo más interesante y curioso de verdad es que el estudio de usted no está completo. Mire otra vez la indicación bibliográfica: *Bulletin, etc., etc., pp. 325-341.* Y ahora fíjese en el final. La última página es la 337. Faltan *cuatro* páginas.

Orobete comprobó la última página y palideció.

–En efecto. Y no puede tratarse de una errata de imprenta

pues la última frase está inconclusa: *Une des premieres consequences serait…* ¿Qué quiere decir? ¿Qué ha pasado?

Albini lo miró de manera penetrante y después sonrió volviéndose hacia el profesor.

—Si se fija bien, comprobará que las últimas cuatro páginas, es decir, dos hojas, las han arrancado.

Absorto, Orobete pasó los dedos por el lomo del opúsculo.

—Al principio supusimos —dijo Albini—, que se trataba de un ejemplar defectuoso. Que alguien en la imprenta o en otro lugar habría arrancado las dos hojas. Pero telefoneamos a todos los que recibieron esta mañana el estudio y todos ellos nos dijeron lo mismo, que se habían arrancado las dos últimas hojas.

—Por eso nuestro visitante de esta mañana quería a todo trance… —dijo el profesor.

—Ni más ni menos —dijo Albini—. Ninguno de los ejemplares que ha consultado estaba completo.

Abstraído, Orobete se llevó la palma de la mano a la frente y comenzó a frotársela.

—¿Entonces? —preguntó con un hilo de voz, dejando caer inconscientemente la cabeza sobre la almohada.

Albini volvió a mirar al profesor y se levantó decepcionado de la silla.

—Entonces, todos dicen que no saben cómo se podría entender y utilizar la última ecuación.

El profesor se acercó a la cama.

—Me parece que no le ha oído. Se ha dormido.

8

Hacía un rato que notaba una presencia extraña en la habitación y, con un esfuerzo, consiguió despertarse. A la cabecera de la cama había una mujer mirándolo tristemente.

–¡Mamá! –dijo levantando la cabeza de la almohada–. No tengas miedo. No van a matarme.

La mujer seguía mirándolo con más intensidad sin despegar los labios.

–No tengas miedo, mamá –repitió tendiéndole los brazos–. No van a matarme.

En ese momento vio que la mujer sonreía y que se le iluminaba el semblante.

–Has cambiado mucho desde que te fuiste pero sigues siendo tú, mamá.

La sonrisa había transformado el rostro de la mujer. Orobete se tapó el ojo con la mano derecha y guardó silencio un rato, respirando pesadamente. Después, se decidió de repente, quitó la mano y abrió el ojo. La mujer seguía inmóvil a la cabecera de la cama, mirándolo fijamente, con cariño y pena. «Con pena», pensó Orobete al verle las lágrimas rodando lentamente por las mejillas.

–No tengas miedo. Ya te he dicho que no me van a matar.

Volvió a pasarse la mano por la frente.

–Has cambiado mucho. Te pareces a la Virgen. Al icono de la virgen de la Iglesia Blanca. O no, te pareces a otro icono.

172

Una increíble luz iluminó el rostro de la mujer y podía ver las lágrimas cada vez más resplandecientes. Sonreía y su mirada se clavaba en él con tanta intensidad que Orobete bajó la cabeza.

—¿Por qué no quieres decirme nada? —preguntó con un susurro. Levantó la cabeza, se estremeció y se santiguó—. Tú no eres mi madre. Eres el icono de la Virgen, como nadie lo ha visto hasta ahora. Sola. De pie. Inmóvil. Sólo las lágrimas están vivas, sólo las lágrimas.

Insensiblemente, el rostro de la mujer cambió de tal suerte que Orobete se llevó la mano a la boca, como si temiera gritar de un momento a otro llamando a la enfermera. Tal y como lo miraba, inmóvil, como una estatua bañada en oro, le recordaba a una madona medieval cuya reproducción había admirado en un álbum que, poco antes de Navidad, había comprado su vecino de cuarto en una librería de viejo. Sólo las lágrimas seguían resbalando con destellos de nácar.

—¡*Madonna Intelligenza*! —exclamó feliz y volvió a santiguarse—. Es lo que me dijo el maestro. Sabiduría, amor e inmortalidad. Pero esas lágrimas, madona, ¿por qué esas lágrimas?

Al momento siguiente, el rostro de la mujer comenzó a perder su luz y la sonrisa pareció marchitarse.

—¿Ya no me reconoces, Príncipe Azul de ojos llorosos? —murmuró dando un paso hacia él—. Y no han pasado tantos años. ¿Cuántos serán? ¿Ocho, nueve? ¡No me conoces! ¿Es que no te acuerdas de cómo te enfadabas cuando te decíamos en el patio: «Constantin Orobete, boyardo viejo y rey cristiano»? No te gustaba —prosiguió dando otro paso—. Ni tampoco cuando te decíamos «Príncipe Azul de ojos llorosos».

—¡Ahora lo sé! —exclamó emocionado Orobete—. ¡Irinel! Irinel Costache. ¿Pero cómo has llegado hasta aquí?

—Trabajo aquí, cerca de ti, al final del pasillo. Pero trabajo solamente de noche. Mi turno empieza después de medianoche. ¡Príncipe Azul de ojos llorosos! Tenías los ojos más bonitos que he visto nunca.

–No me lo recuerdes. Estaba escrito que tenía que ser así. Pero ¿por qué quieren matarme? No es que tema a la muerte. Al contrario. Pero todavía no lo he dicho todo. Y no tengo derecho a irme antes de decirles lo que nos espera.

–Todos sabemos lo que nos espera –musitó la mujer llevándose la mano a los ojos y secándose las lágrimas.

–¡Irinel! Diles que me suelten siquiera sea por un mes o dos, hasta que encuentre a quien es menester. Diles que juro sobre la tumba de mi madre que volveré en cuanto lo encuentre. Será difícil pues no se trata sólo de física y matemáticas sino también de imaginación, de poesía, de mística… Será difícil –repitió con voz cansina–, pero lo encontraré. ¡Diles que me suelten! Es muy importante. Se trata de nuestra vida. Se trata *de todo*.

En ese instante, vio entrar al doctor Vlăduţ y dejó caer extenuado la cabeza sobre la almohada.

–¿Qué dice?

–Está delirando –murmuró la enfermera sin apartar los ojos de él–. Ya oirá la cinta –agregó tras pasarse discretamente la mano por los ojos–. Ha estado hablando de la Virgen y de una muchacha, una tal Irinel, de la que estuvo enamorado.

–¿Cuántos minutos han pasado desde la segunda inyección?

–Ni siquiera cinco.

Orobete sonrió feliz. Por un instante, estuvo tentado de decirles: «exactamente cuatro minutos y dieciocho segundos». Pero ¿para qué? ¿Para qué?

Sabía que se habían congregado de nuevo todos a su alrededor, pero se hacía el dormido.

–¿No pueden despertarlo? –oyó la voz de Albini–. ¿Por qué no le ponen una inyección de cafeína? –añadió con un susurro.

–Siempre hay un riesgo –dijo el doctor Petrescu.

–Lo sé, lo sé pero, al riesgo que sea, hay que continuar con el interrogatorio. Son órdenes de arriba.

Oyó los pasos del médico alejándose por el pasillo y abrió el ojo.

–Estoy a su disposición, señor inspector –dijo sonriendo–. Pero yo también quiero pedirle algo. No es una condición sino un ruego.

–Dígame –dijo Albini sentándose.

–Usted se da perfecta cuenta de que se trata de una cuestión enormemente delicada.

–Por eso quería que hablásemos. La cuestión no es sólo muy delicada sino, además, de suma urgencia.

–Ya lo sé. Por tal motivo ha venido el camarada académico Pavel Bogatirov. Ellos también se han enterado. Pero, a pesar de las precauciones que había tomado, lo pillaron hace un rato en el pasillo grabando furtivamente con su aparato.

Albini palideció, se inclinó sobre él y le preguntó con voz muy baja:

–¿Cómo lo sabe?

–El académico se fue al lavabo, pero salió inmediatamente y vino aquí. Conocía el plano de la clínica, iba vestido de bata blanca, como todos los médicos, seguro que disponía de cómplices. Pero no se trata de eso ahora. Mi ruego es muy simple. Déjeme libre unas semanas, dos meses a lo sumo. Iré a buscar al hombre que comprenda y nos ayude. No es cosa de Ahasverus. Se trata de *alguien*, alguien quizá muy cercano a nosotros, con la suficiente inteligencia matemática y la suficiente imaginación poética para entender el final de la demostración.

–Las cuatro páginas arrancadas –lo interrumpió Albini con una amarga sonrisa–. Precisamente de ellas quería hablarle.

–Lo había adivinado. Pero permítame buscarlo. Le doy mi palabra de honor de que, en cuanto lo encuentre…

–Lo sé. He oído la cinta, sé lo que le dijo a la enfermera. Informaré a la superioridad.

Orobete reclinó la cabeza en la almohada y esbozó una melancólica sonrisa.

–Yo he cumplido con mi obligación diciéndoselo; se lo he dicho en sueños y en estado de lucidez. Pero no hay derecho a que todos perezcamos o volvamos a la era secundaria sólo porque…

Se calló y se encogió de hombros. Albini lo miraba sin decir nada ni saber qué hacer. Luego sacó la pitillera y la hizo girar entre los dedos.

–Será mejor que le informe ya, para que no se sorprenda al volver a casa. Quiero poner en su conocimiento que nuestros especialistas le han abierto el baúl, han examinado todos sus libros, hoja por hoja, han fotocopiado sus cuadernos de notas y cálculos matemáticos. En fin, han buscado por todas partes, se han empleado toda clase de aparatos, etc. Pero no han hallado nada relacionado, ni por asomo, con la demostración que usted ha desarrollado en las últimas cuatro páginas del estudio.

Orobete volvió la cabeza y lo miró con repentina emoción y, a la vez, con ironía.

–Si me hubiese preguntado le habría dicho que no iban a encontrar nada. Desde el principio le he dicho que yo tampoco conocía el contenido del estudio. Quizá en sueños…

–Pero ése es precisamente el gran problema. Basándose en las páginas accesibles del trabajo, nuestros matemáticos han podido descifrar una parte de los textos grabados en las cintas. Pero nadie ha logrado descifrar el resto, o sea, lo que había en las últimas cuatro páginas. Sin embargo, estamos seguros de que usted, que sabe de lo que se trata, sí que lo conseguiría.

–¿Qué quiere usted decir? –preguntó Orobete palideciendo ligeramente.

–Es muy sencillo –dijo Albini abriendo la cartera–. Tengo aquí una copia de todas las grabaciones desde su internamiento hasta anoche. Como es lógico, he elegido solamente los trozos que se refieren a las matemáticas y a la física. Pero los he dejado en su contexto. Por ejemplo, la profecía de los hechiceros mexicanos. Todo lo que corresponde a los análisis y demostraciones del trabajo ha sido rectificado y completado con tinta roja.

Orobete, azorado, lo miraba con atención mientras se frotaba la frente.

–Pero vea, después de tantas drogas, me encuentro cansado.

Mentalmente, quiero decir. Apenas si he llegado a entender, y sólo en parte, las últimas cuatro páginas.

—Intentémoslo, intentémoslo. ¿Se da cuenta de lo que significaría que fuésemos nosotros los primeros en saber lo que ningún otro genio matemático del mundo ha conseguido averiguar?

—Será difícil, será muy difícil —repitió dejando caer la cabeza sobre la almohada.

Cuando, minutos más tarde, se despertó, ya no había nadie en la habitación. Buscó por la mesilla el ejemplar a máquina que le había dejado Albini pero no lo vio; miró a su alrededor, en la alfombra, por la cama. Finalmente, tocó el timbre para llamar a la enfermera.

—¿Cuándo se fue el camarada inspector?

La enfermera pestañeó y lo miró con cierto temor.

—Aún no ha venido hoy —contestó.

—Ha estado aquí hace un momento y me ha dejado una carpeta con hojas escritas a máquina. Me pidió que tratara de descifrarlas.

—Preguntaré al doctor —dijo la enfermera saliendo apresuradamente de la habitación.

Orobete se llevó las dos manos a la frente.

—Sólo me quedan dos días. Quizá ni eso. Quizá uno solo. Quizá menos aún.

«Así pues, si no ha venido hasta ahora, ya no vendrá», pensó. Y prosiguió en alta voz para estar seguro de que se grabara:

—Habrán cambiado las órdenes. Al principio, todos creyeron que si encontraban el resto, las cuatro páginas, darían con la solución. Pero al final les dio miedo, y con razón. Tal y como ocurrió con las últimas palabras de Einstein y con la respuesta de Heisenberg. Si se hubieran publicado, hubiesen provocado el pánico más atroz que jamás conoció la humanidad. ¡Saber que de la noche a la mañana podemos regresar a la era secundaria! Las gentes habrían perdido la razón, se habrían producido suicidios en masa y desmanes sin cuento. Quizá sea mejor así. ¡La santa ignorancia! Todo puede conocerse excepto el futuro. Por lo menos, *ahora*, en nuestros días –sentenció en tono amargo–. Por lo tanto, es más que probable que el expediente que trajo Albini y sus copias, junto con las grabaciones, se hayan destruido. Repito: quizá sea mejor así. Aunque –añadió tras una pausa–, podría haber habido otra solución, ¡que me hubiesen dejado libre para buscarlo! *¡Es imposible que no exista!* Y puede que en el mismísimo Bucarest, puede que incluso en este edificio. Nadie ha entendido lo que tenía que entender desde el principio, que yo no era más que un mensajero, un precursor. Sólo conocía la ecuación última. No conocía la *solución* que nos habría podido defender de las consecuencias del descubrimiento de la ecuación última. Dios me dotó de talento para las matemáticas pero no de auténtica imaginación creadora ni de talento para la poesía. Cuando era pequeño, me gustaba la poesía, pero sólo la de otros. Si hubiese tenido talento para la poesía, tal vez habría encontrado yo la solución.

»Pero ése no es el problema –prosiguió tras un largo silencio, volviendo la cabeza hacia la puerta entreabierta–. El problema ha estado mal planteado desde el principio. Me tomaron por *el otro*. *El otro*, el que ha de venir, y cuanto antes, para que no retrocedamos en una fracción de segundo a la condición de reptiles de la era secundaria. Claro está que hubieran acabado matándolo también a él, pero si hubiese tenido tiempo para proclamar la solución, su muerte sólo habría sido ejemplar y no trágica.

»Trágica es mi muerte pues no he cumplido mi misión. ¡Un mensajero que no consigue transmitir el mensaje! Quizás haya exagerado diciendo que es trágica. Más bien diría que se trata de una muerte tragicómica. Una tragicomedia de las equivocaciones y de las confesiones.

Permaneció un rato callado y pensativo, mirando a la puerta.

–Quizá no lo hayan convencido aún –prosiguió con voz firme–. ¡Cuántas y cuántas veces se lo habrán dicho, desde este mediodía hasta ahora, en el que el sol ya se ha puesto? Le habrán dicho hasta la saciedad: «Ésas son las órdenes, camarada doctor. No se trata únicamente de nosotros, los rumanos, de nuestro país. Se trata de la suerte del mundo entero. Han intervenido todos los grandes, de Oriente y de Occidente. Si no nos sometemos vendrán ellos y, al final, el resultado será el mismo. Y, repito, no se trata de ningún crimen, sino de una simple eutanasia. Como el gran Eminescu, nuestro genial matemático ha perdido la razón. Al menos, eso dicen los informes de la sección de usted, firmados por el doctor Manole Drăghici. *Las facultades mentales del camarada Constantin Orobete están irremediablemente trastornadas. En el mejor de los casos, pasará el resto de su vida senil y paralítico en un centro de incurables.*

»Es verdad, doctor. *Ellos* son los que tienen razón, no usted. Y no será la inyección de usted la que me mate. La dosis ya ha pasado del límite. La última inyección que pronto le convencerán para que me la ponga, sólo precipitará el final. Un final que empezó hace tiempo, cuando me trajeron aquí. Camarada doctor Vlăduţ, le agradezco que empiece a ceder. Espero que escuche esta última cinta magnetofónica antes de que la destruyan como las otras, así sabrá que le quedo muy reconocido.

»Y ahora, he de darme prisa. Si no he podido transmitir el mensaje, lo único que me interesaba, no tengo nada más que añadir. Soy huérfano, no tengo familia ni amigos. Si pueden, saluden de mi parte al profesor Dorobanţu y díganle que tenía razón. Él ya sabrá a lo que me refiero. Y una cosa más —agregó palideciendo al oír pasos por el corredor—. Pídanle al decano que vuelva a admitir en la facultad a mis compañeros Dumitrescu y Dobridor. Díganle que ellos no tuvieron culpa de nada. ¡Se lo ruego, se lo suplico! ¡No tienen culpa! ¡No sabían…!»

Agotado, dejó caer la cabeza en la almohada y, al instante, oyó la voz del doctor Vlăduţ dirigiéndose a un desconocido que estaba en el umbral de su habitación.

—Está durmiendo. Está profundamente dormido.

9

Bajó feliz las escaleras del sanatorio, aunque tenía la sensación de estar bajándolas desde hacía mucho tiempo y de que, por muchos pisos que tuviera ese fabuloso edificio, siempre acabaría por llegar abajo, al jardín o a la acera.

–Preferiría el jardín –murmuró–. A esta hora ya no hay nadie. Y es la noche de san Juan. En pleno corazón de la capital, sigue siendo lo que fue desde el principio, la noche de san Juan.

De pronto, se encontró sentado en un banco del jardín y, sin volver la cabeza, advirtió que el viejo se había sentado junto a él.

–Tuvo usted razón, maestro. Tenía que volver. Siquiera para confirmar la veracidad de la historia de la habitación con la puerta entreabierta.

–¿Sólo para eso, Dayan? Aunque no creo tener derecho a seguir llamándote Dayan. Has recobrado los dos ojos, tal y como los tenías antes.

–¿Es cierto? –preguntó volviendo la cabeza–. No me había dado cuenta.

–Pero yo te seguiré llamando Dayan, como te llamaba desde el principio. Supongo que sospechas a lo que he venido.

–Me temo que sí.

–Sólo una pregunta, la única que yo no puedo responder. Habrás adivinado a lo que me refiero. Ahora que has descubierto la ecuación última y, por suerte para mí (reconozco que soy un egoísta, pero sucede que yo también tengo derecho, como el resto de los mortales) no han encontrado todavía la solución, querría preguntarte si la esperanza que puse en la profecía de los visionarios aztecas…

–El año 1987.

–Efectivamente. Si esa profecía se va a cumplir o si aún tendré que esperar, que esperar más…

Orobete volvió la cabeza otra vez y lo miró con infinita tristeza. El viejo movió la cabeza sonriendo.

–Lo comprendo, lo comprendo y no te guardo rencor. Pero ahora tenemos que separarnos –dijo levantándose con dificultad del banco–. ¿Conoces el camino?

–Lo conozco. Y también conozco el lugar. No está lejos…

PALM BEACH, CHICAGO, DICIEMBRE DE 1979-ENERO DE 1980

SUMARIO